釜山鎭 殉節圖

선봉 加藤淸正이 이끄는 왜군의 첫 공격을 받았던 釜山浦城,
1592년 부산포성에서 왜군과의 접전으로 임진왜란은 시작되었다.

차 례

王 使
왕 사

◇   ◇   ◇

　학봉(鶴峰) 김성일(金誠一), 그가 왜인의 모질고 무서운 속성
을 눈으로 확인한 것은 대마도에 일시 체류할 때 일이다.

　관백(關白) 다이라 히데요시(平秀吉)로부터 여러 차례 요구
가 있어, 이에 응하여 조선 왕 이공(李昖;선조)이 친히 서명한
국서를 가지고 왜국의 도성을 향해 뱃길로 가던 중이었다. 히
데요시(秀吉)는 본래의 성씨가 하시바(羽柴)였을 터인데, 조선
으로 보내는 서신에는 늘 다이라씨(平氏)라 서명해 보내었다.
예로부터 왜국에 있어서는 미나모토(源), 다이라(平), 후지
(藤), 다치바나(橘)의 네 성씨만이 귀한 가문이라고 여겨주는
풍조가 있었다. 그래서, 갑자기 출세한 히데요시 그도 족보를

날조하여 스스로 4대 성씨 중의 하나라고 거짓말을 하고 있었으리라.

총인원 200명에 이르는 일행 가운데, 이제부터 가려고 하는 이웃 나라 일본에 대해 예비지식을 가지고 있는 사람은 아무도 없었다. 그 전에 통신사가 온 것은 성종(成宗) 때로서, 왜국은 아직 미나모토 아시가카(源足利)씨에 의해 지배되고 있었다. 그로부터 이미 120년의 세월이 흘렀다. 김성일(金誠一)은 어릴 적부터 책벌레라고 불리어 온 사람답게 출발 전의 짧은 시간을 틈타 그가 종3품 사성(司成)으로서 유학(儒學)을 강의하고 있는 국립학교, 곧 성균관 서고에 들어가 왜국과 관계 있다고 생각되는 책이나 기록을 모조리 찾아 보았다. 그러나 모두가 호랑이 담배피우는 이야기처럼 황당무계한 내용으로 채워져 있어 실제에 임해서 참고가 될 만한 것은 발견할 수 없었다.

대마도 태수(太守)인 부관(副官) 다이라(平, 본성은 宗;소) 요시토시(義智)가 사신 일행을 위로하기 위해 작은 잔치를 베풀고자 했다. 대마도 동봉(東峰)에 있는 국분사(國分寺)라는 절간이 그 장소로 정해졌다. 전망이 탁 트이고, 순풍을 기다려 다음으로 건너가고자 하는 이키(一岐)섬도 가까운 듯 바라볼 수가 있다.

정사(正使)인 우송당(友松堂) 황윤길(黃允吉), 부사(副使) 김성일(金誠一), 서장관(書狀官)인 악록(岳麓) 허성(許筬)은 정해진 시각보다 조금 일찍 절에 도착했다. 큰 법당에는 해물과 술이 나와 있고 요시토시와 함께 사신들의 길 인도를 맡은 하카다(博多)에 있는 성덕사의 학승(學僧)인 겐조(玄蘇)도 벌써 자리에 앉아 있었다. 사무라이(무사)들 가운데에는 유교범절을 잘 아는 자가 하나도 없는 흠을 보완하도록 히데요시(秀吉)가 특별히 보낸 인물이라고 한다. 그런데 초대를 해놓은 당사자 요시토시의 모습은 아무 곳에도 보이지 않았다.

기다림에 지쳤을 무렵, 절의 큰 문을 지나서 다가오는 산길용 가마 한 채가 보였다. 별로 서두르지도 않는 듯했다. 가마는 우렁찬 울력꾼 소리와 함께 돌계단을 오르고 나자 그대로 법당 안으로 들이닥쳤다. 놀란 눈으로 바라보고 있는 모두의 코 앞에서 가마문의 주렴이 걷어 올려지고 요시토시가 사납고 날렵한 체구를 유유히 나타내었다.

김성일은 곧바로 자리를 차고 일어서 돌아가려 했다.

말석에 앉았던 역관(통역관) 진세운(陳世雲)이 당황하여 만류하였다.

"이제 막 잔치가 시작되려는데 학봉 선생께서는 어이하여 이처럼 총총히 퇴출하시나이까?"

김성일은 노여움으로 밀랍같이 하얗게 된 엄숙한 얼굴을 그쪽으로 돌려 응답했다.

"소 요시토시(宗義智)란 대체 어떤 작자인가. 이 섬에서는 한 톨의 쌀도 생산되지 않아, 해마다 부산포에 와서 공물을 바치고, 1만섬의 양식을 하사받아 겨우 연명하고 있다. 말하자면 우리의 제후와도 같은 자가 아닌가. 그런데 정식 왕의 사신인 우리를 맞이함에 이같은 무례를 범하는 오만함은 어찌 된 일이냐. 사물의 도리를 모르는 인간의 술잔을 받을 수는 없네."

이렇게 말하고는 동료 두 사람에게 야무진 시선을 옮겼다. 상석의 황윤길은 졸지에 어떻게 해야 좋을지 판단이 서지 않는 듯 그대로 우물쭈물하고 있었다. 그러나 곁에 있던 허성은 무엇에 튕긴 듯이 일어서 김성일의 뒤를 따라 나가려 했다. 그제야 황윤길도 못 이기는 듯 무거운 허리를 일으키려 했다.

요시토시는 의아스러운 표정을 지으며 역관에게 무슨 일이냐고 물었다. 이에 대하여 진세운이 두세 마디 답했다. 왜말의 내용은 알 수 없지만 그 어물어물하는 태도로 봐서, 예컨대 부사(副使)께서는 급한 병환이 생겨 자리를 뜨려고 한다는 등, 이리저리 말썽이 되지 않도록 둘러댔음이 틀림없어 보인다.

김성일은 다시 역관을 향해 소리를 높여서, 조금 전에 자신이 한 말을 한 마디, 한 구절도 빼지 말고 어김없이 통변하라고 일렀다.

원래가 해풍에 그을려 적동색인 대마도 태수의 얼굴은 낭패와 치욕 때문에 산수유 열매같이 빨갛게 되었다.

그 후 그가 저지른 행동은 상상도 할 수 없는 행동으로 옮겨졌다.

"사신의 체면을 얕잡아 볼 생각 따위는 털끝만큼도 안 가졌었다. 충분한 여유를 두고 관아(官衙)를 출발했는데도 도중 산길에서 뜻밖에 지체하였으니 내가 늦게 온 것은 오로지 가마꾼의 게으름 때문이다. 더구나 법당 안에 가마를 들여놓은 것은 놈들의 무식 때문이라고 하나 이는 너무도 괘씸한 짓들이다. 이렇게 된 이상 면전에서 놈들의 목을 쳐서 사과의 표시로 내보이는 길밖에 없다."

라고 말하면서 허리에 비껴 찼던 왜도를 번개같이 뽑아 들었다. 사신들을 수행해 온 조선측 무사들의 환도와 비교할 때 배정도 길고, 삭도(削刀)에도 뒤지지 않을 만큼 예리하게 연마된 칼날이 한 여름의 햇살에 번쩍 빛을 발했다.

무서운 논리의 비약이었다. 자신의 허물을 모조리 하인들에게 덮어씌우고, 법에 의한 재판에 부치지도 않고 한 마디의 변명할 기회도 주지 않은 채 당장 그 자리에서 사사로이 처단하려 하는 것이다.

요시토시는 칼을 들지 않은 다른 한 손으로 가마꾼의 목덜미를 낚아채 네 사람을 법당 앞 땅바닥에 차례로 꿇어 앉혔다.

가마꾼들이 애절하게 울부짖으며 허둥지둥 달아나려고 하는 광경을 상상한 김성일은 부지중 눈을 감으려 했다.

그러나, 그러한 광경은 결코 일어나지 않았다. 아까부터 일의 경위를 자세히 지켜보고 있던 가마꾼들은 창졸지간에 닥쳐온 운명에서 벗어날 길이 없다고 각오한 듯하다. 모두가 하나같이 안색도 변하지 않고 울부짖지도 않으면서 태연스럽게 스스로 목을 내밀었다. 그 가운데 한 사람은 엷은 웃음을 입술에 띄우기도 했다.

칼날이 어지러이 허공에서 춤추고 네 사람은 생명없는 물체가 되어 마당에 뒹굴었다.

물을 붓고 소금을 뿌려 피를 모두 씻고 나자 요시토시는 아무 일도 없었다는 듯이 다시 연회석에 들어와 사신들과 담소하며 어울렸다.

김성일의 가슴 밑바닥에 가벼운 아픔같은 것이 어리었다. 그렇게 하지 않아도 되었을 것을, 자신의 꾸지람이 원인이 되어 비록 미천하다고는 하나 네 생명이 어이없게 달아난 것이다. 그건 그렇고, 왜인들은 사람의 죽음이라는 기막히게 엄숙한 일을 어떻게 생각하고 있는 것일까. 얼굴 모습이며 체격으로 보면 자신들과 구분도 안되는 이웃 나라의 인간들, 조선인뿐만 아니라 한양의 왕궁에서 여러 번 접촉한 적이 있는 종주국 명나라 사람과 비교해 봐도 근본적으로 바탕이 다른 괴이한 생물로밖에 생각되지 않았다.

이키(一岐)에 도착하여 다시 며칠 체류하며 섬 오랑캐(왜)로부터 식량의 보급을 받았다. 섬 또 섬, 망망한 창명(바다)을 가로질러 아카마세키(赤間關)를 지나서부터는 잔잔한 부상(扶桑)의 내해(內海)로 접어들었다. 앞길에 가로놓인 일에 대한 불안감을 삭이려고 김성일을 비롯하여 황윤길, 허성은 바위에 앉아

우는 학이며 파도와 노니는 갈매기를 시에 담아 읊었다. 세 사람 모두 이미 시집을 가질 정도로 이름이 알려진 묵객(墨客)이다. 왜인 가운데에서는 오직 한 사람 겐조(玄蘇)만이 시를 지을 재능이 있어 맑은 흥취를 함께 하였다.

가이힌(堺浜)에 상륙하여 객사로 지정된 인접사라는 절에 투숙하였다.

다시 가벼운 배에 나누어 타고 한밤에 큰 강을 거슬러 올라갈 제 또 시 한 수를 지었다.

한바다 다 갔는데 길은 다 가지 못해,
요도강 풍랑이 꿈 속에도 오히려 놀라와라.
밤 깊어 북두성이 감돌아 빛나는데,
누워서 듣는구나 이웃 배의 피리소리.
　　行盡重溟不盡行　淀河風浪夢猶驚
　　夜深星斗昭回處　臥聽隣船一笛聲

여명의 타는 듯한 노을빛이 강물을 물들일 무렵, 여울을 앞에 두고 물레방아가 돌고 있는 작은 성곽이 보였다.

곁에서 설명을 맡겠다고 나선 겐조(玄蘇)가 김성일을 돌아보며

"저게 요도성입니다요."

라고 자랑스럽게 말한다.

과연 그렇군, 저것이 여인성(女人城)인가. 관백(關白) 다이라 히데요시(平秀吉)가 전에 모셨던 군주(君主) 다이라 노부나가(平信長)의 질녀(생질녀) 아사이(淺井)씨라는 미희를 사랑하여 그 총애가 정실부인을 능가하고 있다는 소문이 나돌고 있다. 그렇게 생각하고 바라보니 성의 모양도 어쩐지 예쁘장하고 물결 위에까지 분 향기가 스며 흐르는 듯하다.

김성일은, 듣기에 따라서는 조금 비꼬는 듯한 어조로 감상을 말했다.

"우리 조선에 있어서도 귀한 사람들 사이에는 첩을 두는 풍습이 일반화되어 있습니다. 무릇, 사대부 이상의 신분으로서 자신의 일상생활에서 시중을 드는 여자 한두명쯤은 두지 않는 예가 없을 것입니다. 그런데 그것은 모두가 미천한 노비나 기생 가운데에서 뽑습니다. 자기 주군(主君)의 피붙이를 제 마음대로 하여 골방 깊숙이 감추어 두었다는 이야기는 들은 적이 없습니다. 가령, 그렇게 무례한 경우를 당했다면 조선여인일 경우엔 절개를 지키기 위해서 자결하여 거부할 것입니다."

왜인 가운데 가장 학식이 있다는 겐조(玄蘇)는 갑자기 얼굴을 돌리어 못들은 체하였다.

오히려 두세 걸음 떨어져 있던 부관(副官) 요시토시(義智)의 눈이 야릇하게 싸늘한 빛을 띠며 김성일을 바라보는 듯했다. 그 모습은 두 달 전 대마도에서 네 명의 가마꾼을 베었을 때 그가 보인 표정과 흡사하였다.

그러나 그것도 순간적인 일, 요시토시의 눈동자는 금방 반짝이는 빛을 잃고 두 개의 구멍처럼 무감동한 어두움이 서리었다. 듣는 바에 의하면, 갓 스무살쯤의 이 젊은 사나이는 관백(關白) 히데요시의 심복인 고니시 유키나가(小西行長)의 딸을 아내로 맞이했다고 한다. 장인을 본받아 스스로 그리스도(기독교)를 신봉하게 되었다고 한다. 그리고 이 남만(南蠻)의 종파는 혼인에 있어 일부일부(一夫一婦)의 규범에 관해서는 특히 엄격한 모양이다. 거기다가 그 사건 뒤로는 김성일을 어렵게 여겨 멀리서 그의 모습을 보고도 말에서 내려 읍을 하게 되었다.

만력(萬曆) 18년(1590년) 7월 22일, 내리쬐는 석양 속에 오랑캐의 수도 경도(京都)에 들어섰다. 부산포를 출발하여 만 3개월째이다.

「淸道(청도)」라는 두 글자가 크게 수놓인 깃발이 선두에 섰다. 전동(화살통)을 맨 무사 하나가 그 뒤를 따랐고, 악대가 이어 행진했다. 나팔·나각·징·소금·태평소·발라·용고·장고·해금이 장엄하게 혹은 애절하게 풍악을 울리었다. 그들은 모두 초립을 쓰고 있었는데 그 넓은 갓테 밑으로 보이는 이마에는 땀이 번지고 있었다. 늦더위가 심하기 때문만은 아니고 무엇인가 알 수 없는 흥분 때문이었다.

거리를 가득 메운 남녀노소들이 호기심 가득한 눈길로 조선인 일행들을 에워쌌다. 호랑이 혹은 그밖의 이 나라에는 없는 진기한 짐승이라도 되어 구경거리로 보여지고 있는 듯한 이상한 느낌이 김성일의 머리에 감돌았다.

나이 많은 탓이리라. 여행 도중 가장 피로한 기색을 보인 황윤길(黃允吉)은 왜국에 들어섬과 동시에 안심한 듯 평복으로 갈아입었다. 그리고 왜국의 관원(官員)이 권하는 대로 즐겨 이국의 교자에 몸을 실었다. 이 왜국의 가마는 지붕이 낮아서 관을 벗어 치우고 볼품 사나운 꼴로 허리를 꾸부려서 몸을 넣어야 하는데, 그것도 싫어하지 않았다. 김성일은 그 부당함을 아뢰었지만 도시 들어주지 않았으며, 드디어는 서장관(書狀官) 허성도 정사(正使)를 본받게 되었다.

업신여김을 당할까 우려하여 왜인이 비록 한 사람이 있어도 김성일은 결코 의관을 풀지 않았다. 외출할 때는 본국에서 일부러 가지고 온 남여(籃輿)를 타도록 애썼다. 따라서 이런 경우에도 조선의 예복을 입고 아무 뚜껑이 없는 남여 위에 앉아 흔들리는 그에게만 많은 시선이 집중되었다.

이날 왜도(倭都)의 남녀들이 나라가 법석거리도록 구경하는데 궁궐의 궁녀와 높은 벼슬아치까지 나왔다. 또한 대궐 문 앞에 모여 모두 선생(김성일)을 향해 합장하여 공경함을 표했다. 그밖에는 잠깐 보고 지나쳤다…….

아마 황윤길과 허성이 왜의 가마 속에 들어앉아 안보였기 때문에 김성일을 최고관으로 잘못 보고 섬돌의 그늘에서 손을 모아 배례하려고 한 특이한 구경꾼도 있었나 보다.

　다이라 히데요시(平秀吉)가 국왕이냐 아니냐.

　출발에 앞서 한양의 조정에서는 이 의문점을 놓고 장시간의
논의가 있었지만 마침내 일정한 해결점을 찾지 못했다. 관백
(關白)이란 칭호는 명나라에도 조선에도 그 예가 없고, 그 관
직이 어떤 권능을 장악하고 있는지 도무지 짐작이 가지 않았
다.

　영접사로 한양까지 온 중 겐조(玄蘇)나 요시토시(義智)에게
물으면, 어떤 때는

　"관백 전하께옵서는 어김없는 왕이올시다."

라고 말하고 또한 어떤 때에는

　"엄밀한 의미로 말할 것 같으면…… 음, 과연 어떻게 될까?
……"

라고 그들 스스로 고개를 갸우뚱거리며 생각에 잠기기도 했다.
더욱 집요하게 다그쳐 물으면 조금 언짢은 기색을 보이며

　"그 같은, 실질적으로 관련이 없는 지엽적 문제 따위는 아무
래도 좋은 게 아니오이까."

　대답도 안되는 말을 중얼거리고는 대화를 일방적으로 끊으려
하였다.

　결국　조정에서는 히데요시를 국왕이라 보고 그에 상응한 격
식과 문언을 정리해서 국서를 썼다.

왜도(倭都)에 도착하고 며칠 되지 않아 그것은 잘못 알았음이 판명되었다. 이 나라에는 예로부터 따로 천황(天皇)이라 일컫는 정통의 주권자가 있고, 관백(關白)은 다만 그 대신(大臣)에 지나지 않는다고 한다.

김성일은 숙소로 배정받은 대덕사(大德寺) 총견원(總見院)이란 암자로 겐조(玄蘇)를 당장 오도록 청했다. 그리하여 국서를 봉정할 대상을 관백(關白)에서 위황(僞皇)——그에게는 황제(皇帝)라 일컬을 자격이 있는 인간은 이 우주에서 단 한 사람, 조선왕 이공(李昖)마저도 충절의 의무를 지고 있는 상국(上國) 명(明)나라 북경(北京)에 계시는 만력제(萬曆帝)밖에는 있을 수 없는 것이다——으로 변경하고 급히 대면할 수 있도록 힘써 달라고 부탁하였다.

평소에 온화한 학승(學僧)의 얼굴에 이때까지 볼 수 없었던 극도의 곤혹한 표정이 깊은 주름살 가득히 퍼졌다.

"통치와 외교의 권한은 모두 관백 전하 혼자 관장하고 계십니다."

여전히 정중하기는 하나 결연한 뜻이 담긴 이 말만 하고 입을 다물어버렸다.

김성일은 같은 주장을 한번 더 되풀이하려고 가슴 속에 마련한 다음 말을 목구멍에서 삼켜버렸다. 갑자기 침묵을 지키는 겐조(玄蘇)의 완강한 태도로 봐서, 이 이상 요구를 고집한다면 사절단 전원의 안위에까지 영향을 주지나 않을까 하는 불길한 인상이 엿보였다.

겐조가 나간 후 황윤길(黃允吉) 정사, 김성일, 허성 서장관은 객실에서 머리를 맞대었다. 평추(平酋)(다이라라는 우두머리, 곧 히데요시)는 국왕이 아니었다! 이 뜻밖의 사실을 최종적으로 확인한 세 사람의 얼굴에는 하나같이 고뇌의 어두운 그늘이 깃들었다. 아무도 서둘러 입을 열려 하지 않다가 헛되이 시간만 보낼 뿐이라 김성일이 먼저 의견을 폈다.

"조선과 왜국은 우의로 맺어진 이웃 나라로, 그 교분이 대등하지 않으면 안된다는 것은 말할 나위가 없습니다. 그런데, 조정에서는 실정에 어두워서 국서를 작성함에 수길(秀吉 ; 히데요시)을 국왕이라 호칭하고 우리 상감마마의 어휘(御諱 ; 왕의 이름)까지 적고 말았습니다. 그 자가 위황(僞皇)의 신하란 것이 밝혀진 이제 과분한 예(禮)며 나라의 욕됨이 이보다 심한 것은 없을 것이외다. 차제에 마땅히 국서의 글귀를 수정하여 대신에게 주는 글로 합당하게 해야 될 줄 압니다."

이 말이 끝나기가 무섭게 허성(許筬)이 반대하고 나섰다. 국서를 보관하는 책임자답게 그의 논거는 그런대로 설득력이 있었다.

"그건 불가하옵니다. 이에 이르러 국서를 소략(疎略)한 형식으로 개작한다든지 하면 교만한 오랑캐의 우두머리는 반드시 노하여 우리 200명을 살려 보내지 않을 것이외다. 그뿐 아니라 한 걸음 나아가 아무런 방비도 없는 우리나라에 대한 전쟁을 일으킬 좋은 구실로 삼을지도 모르옵니다. 또 다행히 무사히 귀국한다 하더라도 옥쇄가 찍힌 국서를 함부로 손대는 월권행위를 한다면 사약을 면치 못하오리다."

200명의 생사 따위는 아무것도 아니다. 목전의 국가 이해를 도외시하더라도 끝까지 도리를 관철해야 한다고, 김성일은 주장을 굽히지 않았다. 허성도 역시 자기 주장을 버리지 않아 두 사람은 서로 온갖 말을 다했지만 타협은 이루어지지 않았다.

두 사람은 최후의 단안을 구하려고 거의 같은 순간 정사(正使)를 바라보았다.

황윤길은 고개를 깊숙이 떨군 채 귀를 기울이고 있었지만 두 사람의 눈길에 부딪치자 여위고 조그마한 체구를 더욱 움추리는 듯했다. 그리고 차분하지 못한 눈길로 주위를 둘러보았으나 마침내 한 마디도 말하지 못했다.

늙은 정사(正使)는 여태까지 자기 수하 앞에서 자신의 생각을 분명히 나타낸 적이 없었다. 그것은 보통 말하는 신중성을 넘어 무엇인가 맺힌 데가 없는 괴물같은 인상을 주고 있다. 어떤 이는 고결한 인격자라 칭송하고, 다른 사람은 씨에도 날에도 쓸모가 없는 속물이라고 극렬한 비방도 했다. 어느 쪽 평이 정곡을 찌르고 있는지 김성일도 자신있게 잘라 말할 수는 없었다.

왜인들로부터 음식대접의 초청을 받으면 그 때마다 결코 사양하려 하지 않고 흔쾌히 어울리는 것도 알 수 없는 태도라 생각되었다. 이러한 자리, 진하게 분칠을 한 아름다운 왜녀(倭女)들에게 둘러싸여 술잔을 기울일 때만은 사람이 변한 듯 말수가 많아졌다.

다만 하나 확실한 것은, 노인의 심신에 스며든 극도의 피로다. 신장(腎臟)을 앓고 있기 때문에 부석부석하고 길쭉한 얼굴, 가느다란 눈 언저리에 검푸른 저승버섯이 나타나 있었다. 지난 날, 명나라에서 온 도사(道士)로부터 관상의 초보 지식을 얻은 김성일은 그것으로써 이미 죽음의 그림자가 자라가고 있음을 쉽게 알 수 있었다.

당초, 그들이 마음먹기로는 가능한 한 빨리 사명을 마치고 위험이 가득한 이 나라를 떠나고 싶었다. 그러나 위황(僞皇)은 고사하고 관백(關白)을 만나는 것 자체가 간단히 실현될 수 없는 사정들이 하나씩 불거져 나왔다.

때마침 히데요시는 대군을 이끌고 오타하라(小田原)라는 변방에 출전하고 있었다. 그 곳에는 히데요시의 패권을 인정하려 하지 않는 강성한 호족 호조(北條) 일족이 웅거하고 있었다. 히데요시가 그들과 창검을 부딪치기 이미 반년이 되었지만 자웅이 가려진 것은 아니었다.

조선왕의 사절단을 일부러 초청해 놓고서 도성을 비우고 떠나간 무례는 그만두고라도, 한 나라를 다스리는 무거운 자리에 있는 인물이 몸소 원정에 참가한다는 것이 김성일로서는 이해할 수 없는 일이었다. 그들의 상식에 의하면 무(武)라는 것은 원래 천한 업(業)이라, 그렇기 때문에 이 업에 종사하는 장군에게는 평소 높은 녹봉을 주고 있는 것이다. 피차의 피보라로 더럽혀진 싸움터에 경솔히 나아가 만일 그 자신의 안전이 손상당한다면 나라를 다스리는 본래의 책무는 어떻게 수행한단 말인가.

히데요시의 예하에 있는 제후들도 각기 사병(私兵)을 거느리고 참전하여 도성은 바야흐로 텅텅 비어 있다고 말할 형편이었다. 따라서 교섭을 하려 해도 상대가 될 그럴싸한 인물을 찾지 못했다. 뿐만 아니라 들리는 바에 의하면 관백(關白) 히데요시는 이번 원정의 진중에 총애하는 희빈 아사이(淺井)를 비롯하여 차 시중을 드는 나인(內人) 센(千)씨 등 안방 측근들도 데리고 갔다고 한다. 위세와 여유를 적측에까지 보이려는 뜻은 명백하지만 그렇다고 그 무슨 오만이냐. 아직 만나지 못한 오랑캐의 우두머리, 그가 피비린내 나는 싸움터 한 구석에다 이부자리를 깔게 하고, 포사(褒姒; 주나라 유왕이 총애한 비)같은 미녀를 곁에 두어 차를 즐기고 있는 광경을 상상할 때, 김성일은 혐오감을 금치 못했다.

본국에서 읽은 김시양(金時讓)의 자해필담(紫海筆談)이란 책에서는 다음같이 기술되어 있다.

다이라 히데요시(平秀吉)는 본래 명(明)나라 사람이었는데 어떤 정치적 이유로 왜국에 망명하여 노예 신분이 되었다. 두메 산골에 숨어서 나무꾼으로 살았다. 하루는 전 국왕인 다히

라 노부나가(平信長)의 행차를 만났는데 잘못하여 앞길을 가로
질렀다. 가신들이 그 무례함에 노하여 죽이려 했는데 교자에
타고 있던 국왕이 얼핏 보고 그 얼굴의 비범함을 발견했다. 특
별히 용서하고 내친 김에 최하급 무사로 임명하였다. 비길 데
없이 싸움을 잘했기 때문에 10년 남짓하여 한 부대의 부장까
지 뛰어오르게 되었다. 주군(主君) 노부나가가 본능사(本能寺)
의 변고로 급히 죽자 자립하여 스스로 왕위를 쟁취하였다.

어디까지가 신빙성이 있는지도 모를, 이것만이 이 나라 지배
자에 관한 김성일이 현재 가지고 있는 지식의 전부였다.

히데요시가 돌아오기를 기다리고 있는 수개월간, 200명의 조
선 사람들은 겉으로 정중한 예우를 받았으나 내실은 엄중한 감
시하에 있었다. 대선원(大仙院), 정수원(正受院), 홍림원(興臨
院) 등 절간에 나뉘어 숙식하고 있는 이들이 광대한 대덕사(大
德寺)의 여러 가람과 정원을 산책하는 것은 자유로웠다. 그러
나 사찰 밖으로 한 발자국이라도 나가려 할 때면 당장 경호하
는 왜병들의 창 끝에 가로막혔다. 정신을 차려 살펴보니, 절의
큰 문이나 통용문 구석이나 길게 이어진 절담의 그늘에는 무
장한 인마(人馬)들이 눈에 띄지 않도록 배치되어 있었다. 사신
들의 안전을 구실삼고 있지만 마치 전원이 포로로 구금되어 있
는 것과 다를 바 없었다.

김성일은 가끔 이상한 환상에 사로잡히었다.

언젠가 대마도에서 부관(副官) 요시토시(義智)가 네 명 가

마꾼의 목을 자르기 위해 휘두른 그 왜칼, 그 칼이 수십 배로 커져서 칼집없는 칼날이 자기들 숙사의 바로 위 공중에 매달려 있어 머리 위에 떨어지려 하고 있다. 한여름의 뜨거운 햇살을 마시고 달아오른 그 칼날, 고국 조선 하늘을 생각하게 하는 해맑은 가을 햇살을 반사하여 더욱 산뜻하게 빛나고 있다…….

그의 희맑고 조금은 뚱뚱한 몸, 한삼 밑에 식은 땀이 번지는데 환상이 사라질 때까지 조용히 견디고 있었다.

조선인들은 본국에서 데리고 온 부엌 일꾼들이 만든 음식만 먹고 있었다. 절의 중들이 해주는 음식을 받아먹어도 좋다는 전갈을 여러 차례 받았지만 딱 거절하였다. 나물을 주로 하는 절간 음식이 구미에 안맞는 때문이라고 하나, 아무도 말하지는 않지만 마음 속으로는 독해를 두려워하고 있기 때문이다. 다만 육류를 무엇보다 좋아하는 그들인지라 재료를 마음대로 구하지 못하는 어려움도 있었다.

외출이 금지된 것은 김성일에게 있어 별다른 고통이 아니다. 다같이 중화문명(中華文明)의 규범을 본받았다고 하는데 어느 사이 그것을 잊어버린 듯한 이 미개한 이웃 나라, 사람이고 문물이고 별다른 호기심이 끌리지 않았다.

그러나 그에 있어 또 한 가지 모국을 떠나올 때 은밀히 부과된 임무가 있었다. 왜국이 조선을 앞잡이로 삼아 명나라를 공격할 것이라는 풍설이 돌았었다. 제주도의 어민을 통해 혹은 전라도 해안을 노략질하다 잡힌 왜구들의 잔당들이 자백하는 것을 들어 얼마 전부터 나도는 소문이다. 북경에서 보내온 유구왕(琉球王)의 표문(表文) 사본에도 그러한 추측이 아무래도 기우(杞憂)가 아니라는 것을 넌지시 표현된 글귀로써 알 수 있었다.

왕의 측근인 이조판서 서애(西厓) 유성룡(柳成龍)은 김성일과 같은 영남 안동 출신으로 어릴 적에는 함께 낙동강에서 헤엄치고 메기도 잡던 벗이다. 스무살을 지나서 희대(稀代)의 큰 선비 퇴계(退溪) 이황(李滉)선생의 도산서당(陶山書堂)에서 책상을 나란히 하여 주자학(朱子學)을 닦아 퇴문(退門)의 용호(龍虎)라 일컬었다. 창덕궁(昌德宮) 뜰에서 장도를 축원하는 술잔을 하사받았을 때, 은근히 김성일에게 다가선 유성룡은 친구의 손을 꼭 쥐면서 술기운으로 후끈거리는 귀에 대고 속삭이었다.

"왜국의 의도에 대하여 상감께서는 침수도 잘 못 드실 만큼 심려하고 계시네. 그 곳에서의 군사 사정이며 민심의 동향을 자세히 살펴 소문의 진위(眞僞)를 확인해 주게."

그리고 목소리를 한층 낮추어서 이렇게 덧붙였다.

"사실은 상감께서 정사(正使)보다 자네를 더 기대하고 계시네. 노쇠한 데다가 시류에 부합하는 성질도 있는 황윤길의 판단력을 전폭으로 신뢰할 수는 없기 때문일세."

하급 관원 중 날렵하고 임기응변에 능한 5,6명을 가려뽑아

거리에 내보냈다. 첩자 노릇을 시키려고 하면 무관(武官) 쪽이 적임이라는 것은 다 알지만 전원 문관으로 편성하였다. 왜인들과 뜻하지 않은 말썽이 생길까 염려하기도 했지만 애초부터 무관을 싫어하는 김성일의 개인적인 성미도 작용하였다. 대부분은 식량을 구하러 나간다는 핑계로 당당히 바깥문을 통해 나갔지만 그 중에는 경비하는 왜병의 눈길을 피해 야음에 담을 타넘는 대담한 자도 있었다. 이러나 저러나 왜말을 모르는 그들이라 대단한 성과를 얻으리라는 기대는 없지만 별 다른 수가 없었다.

2,3일 지나자 그래도 몇 통의 보고서가 그의 손에 들어왔다. 그것들은 이 번화한 도시의 모습을 생생히 일러주는 문구로 채워져 있었다.

계속되는 내란으로 생긴 전사자를 조상하기 위해 수백의 불찰(佛刹)에서 날마다 종소리가 울리었다. 고아와 과부가 많아 인구의 태반은 될 듯하다. 낮에는 관원들의 눈길 때문에 조용한 편이나 밤이 되면 어느 민가로부터도 여인이나 어린애의 애처로운 울음과 울부짖음이 흘러나왔다.

취락정(聚樂亭)이라 일컬어지고 있는 관백(關白) 히데요시의 크고 넓은 집 주변에는 이 도성의 3분의 1쯤 되는 넓은 곳에 걸쳐 백성들의 집을 헐어내고 그 자리에다 제후(諸候)들의 저택을 빠른 속도로 짓고 있었다. 철거를 강요당한 민초(民草)들은 엽전 한 닢 받지 못했다. 건축공사에 종사하는 목수, 석공들은 모두가 각지 제후의 영토에서 징발되어 왔으며 품삯은 말할 나위도 없고 오가는 노자며 일할 때 숙식비도 자신이 물어야 한다고 했다.

취락정(聚樂亭)이란 집은 옛적의 십이루오성(十二樓五城)을 방불케 하는 어마어마한 것으로 층층 쌍누각이 중천에 솟아 있고, 지붕은 황금 기와로 덮여 있다. 1,000개를 헤아리는 방마다 수정 주렴이 드리워져 있고, 한 발자국 들어간 사람은 너무도 황홀해서 오랫동안 눈을 못뜬다고 한다. 제후들의 저택들도 군주(君主) 앞에 겸손하여 단층 건물이기는 하나 우람하고 화려하기는 비길 데가 없다. 그것에 반하여 판자를 세워 붙인 민가는 너무도 초라하였다. 도성 전체가, 어쩌면 이 나라 전체가 무절제한 건축 공사장처럼 시끄러운 열기에 휩싸여 있다. 어루만져 가꾸어야 할 백성들을 이같이 쓸데없는 공사에 내몰아 혹사시키는 것은 걸주(桀紂)에도 뒤지지 않는 포악한 정치가 아닌가.

상업의 발달은 놀라웠다. 거리에 줄줄이 들어선 가게에서 금·은·비단은 물론이고, 이런 것도 팔릴까 여겨지는 물건까지 분주히 사고 팔리었다. 광대패들이 재주를 보이기 위한 가건물, 술집과 기생집들이 굉장히 번창하고 있는 것도 이 도성의 특징이라 여겨졌다. 짐작컨대 과부는 기생이 되고 고아는 좀도둑 혹은 거지가 되어 목숨을 이어갈 것이다. 해가 중천에 있는데도 술에 만취된 인간을 볼 수 있는 것은 그들의 가슴

깊숙이 응어리져 있는 씻을 수 없는 불안 때문일지도 모른다. 대수롭지 않은 말다툼에서도 곧잘 칼을 빼드는 살벌한 기풍이 여기에 있다.

왜인의 행동거지나 옷차림에는 유교의 예절에 맞는 규범은 보이지 않았다. 돈이 있는 자는 비록 미천한 신분인 장사치일지라도 사대부와 똑같이 비단옷을 입고서 천연스럽게 나돌아 거리낄 것이 없다. 돈의 지나친 유통은 사람들을 욕망의 덩어리로 만들고 타락시키지 않을 수 없다. 색정(色情)을 제멋대로 풀어놓고서 어떻게 인간의 윤리를 지켜간단 말이냐. 따라서 이런 형편에 다시 외국을 침공하려고 든다면 반드시 반란이 일어나 나라는 안에서 무너지고 말 것이다. 평추(平酋)라 할지라도 일국을 다스리는 자인데 이 정도의 식견은 있을 터이니 감히 명나라 침공을 실행에 옮기지는 않으리라. 그의 기세등등한 호령도 사실은 국내 제후에 대해 위세를 보이려는 헛된 큰 소리에 불과하다.

보고문을 몇 번이나 되풀이해 읽은 후 오후 내내 깊은 생각에 잠긴 김성일이 찾아낸 결론은 이상과 같은 것이다. 부산포를 떠난 이래 주야로 전신을 조여 오던 긴장이 갑자기 확 풀리는 것을 느끼었다.

우연한 일이지만 이날 일행에게 복된 일이 또 하나 겹쳤다. 하인 가운데 요령 좋은 한 사나이가 소 한 마리를 그 지방 농부로부터 사왔다. 푸줏간 일꾼이 잡아서 전원이 먹었다. 수개

월 동안 육류를 맛보지 못했기 때문에 소생한 듯 흐뭇하였다.

좋아하는 술을 딱 끊고 있던 김성일도 오랜만에 크게 취했다. 홀로 숙소를 나와 금모각(金毛閣) 뒤 숲속을 마음껏 거닐었다. 묘하게 가지가 휘어진 노송에 몸을 기대어 있으니 이슬바람에 젖은 듯 몽롱한 후나오카산 정수리에 달이 솟았다. 소슬한 솔바람은 벌써 늦가을을 알리고 있었다.

한식경이나 지나 술기운도 조금 가셔져 돌아가려고 정수원(正受院) 옆으로 걸어들었다. 여기는 일행 중 위계가 별로 높지 않은 무관들이 주로 숙식하고 있는 곳이다. 오동나무 정원수 곁에 7,8명의 사람들이 둘러서 있었다. 저마다 큰 소리로 지껄이는 소리도 들려왔다.

부처의 선역(禪域)을 짐승의 피로 더럽혔기 때문에 일부 승려들은 마음 속에 일어난 불쾌함을 참고 있을 터이다. 거기에 더하여 고요한 절간을 시끄럽게 하여 그들을 부질없이 자극하는 것은 삼가지 않으면 안된다.

둘러선 사람들 가운데 6척이 훨씬 넘어 보이는 사나이가 우뚝 서있는 것이 달빛에 희미하게 보였다. 지나치게 긴 팔다리가 어쩐지 거미를 연상케 하지만 어깨와 가슴은 단단한 근육으로 다듬어져 강인해 보인다. 볼도 턱도 멋진 검은 구레나룻으로 덮여 있지만 그 가운데 있는 작은 눈, 그러나 험상궂은 기색은 없고 무언가 사람의 친밀감을 자아내는 귀여움 같은 것이 엿보였다. 일부러 누구냐고 물을 필요도 없이 남다른 그 체구로 보아 아술당(蛾述堂) 황진(黃進)이라는 것을 대뜸 알 수 있었다.

황진에 관해서는 홍양호(洪良浩)가 지은 해동명장전(海東名將傳)에,

자(字)는 명보(明甫), 관향은 장수(長水), 사람됨이 엄중하고 기절(氣節)을 숭상함, 키가 크고 수염이 아름다우며 생김새는 매우 빼어남, 어릴 때부터 활 쏘고 말 달리기를 업으로 삼았으며, 힘은 사람을 능가하고 달리기의 빠르기는 날으는 것 같다.

라고 했고, 또 우암집(尤菴集)에도,

남원(南原) 주포리(周浦里) 태생, 무예절륜(武藝絶倫), 큰 도랑을 뛰어넘으며, 반식경이 못되어 40리 산길을 왕복함.

이라고 적혀져 있다. 다만, 글쓴이의 부질없는 염려 때문인가 이 두 글에는 또 하나의 사실이 빠져 있다. 황진도 20년 전에는 대개의 젊은이들처럼 문과(文科)에 뜻을 두고 퇴계 선생의 사숙(私塾)에 적을 두어 유학을 공부한 적이 있다. 처음에는 김성일의 맏형인 약봉(藥峰)과 동배였으나 학업의 진도가 늦어 어느덧 둘째형 구봉(龜峰)과 어깨를 나란히 하게 되고 마침내는 4,5세나 아래인 학봉(鶴峰)과 함께 책을 읽게 되었다. 문과 시험에서 낙방하기 여러 차례, 깨끗이 이를 단념하고는 비교적 수월하다는 무과로 전환하여 30세가 지나 겨우 임관되었다. 그 후에도 출세가 늦어 압록강·두만강의 진영들을 맴돌며 제자리

걸음만 하였다. 이번 통신사 차견(差遣)이 있다는 것을 알자 무엇을 생각했는지, 정사(正使) 황윤길과의 한가닥 혈연의 줄을 잡아 선전관(宣傳官)이란 극히 가벼운 지위를 맡아 일행에 끼이게 되었다.

남달리 직무에 정진하고 있는 것처럼 보이지는 않으나, 황진에게는 한 가지면에서 남과 다른 데가 있었다. 조선 사람은 누구나 이 땅을 야만시하여 왜(倭)라고 부르는 버릇이 있다. 그런데 황진 하나만은 어째서 그런지는 모르나 그 멸시하는 칭호를 따르지 않고 언제나 또박또박 일본(日本)이란 국호를 쓴다. 절간문을 지키는 왜병들과도 곧장 사귀었는데 무관끼리 서로 통하는 바가 있는 듯 거의 친구처럼 되어 버렸다. 그것만으로는 별로 탓할 바는 아닌데, 근래에는 연일 절을 빠져나가 제멋대로 도성 이곳저곳을 돌아다닌다는, 듣고만 있을 수 없는 소문이 김성일의 귀에 들리고 있었다.

"나는 오늘 아침 일본인들과 활쏘기 내기를 했네. 상대는 담 밖에 주둔하고 있는 난폭한 무사들이야."

황진이 늘 하듯 거리낌없는 말소리가 울려왔다.

"패거리들은 심심해서 그런지 아니면, 솜씨 자랑을 하려고 그러는지는 모르나 길가에 과녁을 만들어 놓고 연신 활을 쏘고 있었지. 과녁과의 거리가 겨우 50보야. 때마침 내가 지나치자 그 중 낯이 익은 하나가 나를 붙잡아 세우고는 손짓으로 한번 해보지 않겠느냐고 승벽(勝癖)을 돋군단 말이야. 그

래서 작은 천으로 급히 만들어진 과녁을 달아 놓고 빌린 왜
궁(倭弓)으로 대여섯 발을 연달아 쏘았지. 모두가 명중이야.
이어서 하늘을 날으는 새를 겨누어 두 발을 쏘았는데 새 두
마리가 모두 날개죽지를 맞고 떨어졌단 말이야. 그놈들 넋을
잃고 서로 쳐다보다가 얼마 후에야 제 정신으로 돌아왔는지
와, 와하고 갈채를 보내고는 다투어 내 손을 잡았단 말이
야."

황진의 말소리는 갑자기 나즈막하고 무거워졌다. 주위 사람
들을 천천히 바라보다가 그의 눈길은 그 특유의 자상스러움에
다 무엇인가 슬픈 하소연을 하는 듯한 빛이 담겨 있었다.

"임자들, 한번이라도 일본인의 창을 손에 잡고 자세히 살펴
본 적이 있는가. 짧은 거라도 6자 혹은 9자, 긴 자루라면 12
자에서 18자나 되는 것도 있다네. 굵직하고 야문 데에다 홑
날, 겹날, 십자날, 사천왕날 등의 날카로운 칼날이 끼워져
있단 말일세. 여기에 비해 임자들이 가지고 있는 건 어떤가.
길이는 반도 안되고 날도 서 있지 않아서 좋게 말해 궁중 의
식을 위한 장식물이고, 나쁘게 말하면 어린아이들의 장난감
밖에 안된다우. 그들과 싸움터에서 맞붙는다면 찌르기도 전
에 딱 부러지고 말 걸세."

소중한 듯 안고 있던 길쭉한 보자기를 그는 불쑥 사람들 앞
에 내밀었다.

"잘들 보게나. 여기에 일본 최고의 보검 두 자루가 있네. 나

의 녹봉으로 봐서는 격에 안 어울리는 것을 샀다고 하겠지만 나는 가난한 주머니를 털어서 거리의 칼장수로부터 손에 넣었네. 그런 눈길로 날 노려보지 말게나. 임자들도 틈만 나면 시장에 나가 고향에서 기다리고 있는 처자들을 위해 아코야 구슬(진주)이며 자라껍질 빗, 비녀같은 걸 찾아 사고 있다는 것은 다 아는 일이 아닌가. 그러나 나의 선물은 단지 이것뿐일세. 이 나라에 가득차 있는 기운은 아무래도 둑을 무너뜨려 넘쳐나오고 말 것이네. 그렇게 되면 그 놈들 자신으로서도 어쩔 수 없게 될 걸세. 늦어도 내년까지는 반드시 우리에게 쳐들어 오네. 그 때야말로 이 놈을 휘둘러 도적을 한 놈이라도 더 많이 쳐죽여야지……."

와아, 웃음이 터져 나왔다. 평소에 대담분방한 데다 술이 들어가면 허물없는 허풍을 떠는 그의 버릇을 다 알고 있다. 따라서 동료인 하급 무관이나 속관들만 모인 청중들은 그의 말을 그대로 받아들이는 자는 없는 듯하다. 대부분은 그냥 농담으로 받아들이는데, 그 중에는 미친 놈이라고 욕하는 이도 두셋 섞여 있었다.

둘러서 있던 몇 사람이, 가까이 다가오고 있는 발자국 소리를 듣고 뒤돌아 보았다. 희끄무레한 밤안개 사이로 상사인 김성일의 모습을 확인하자 그들은 순간적으로 두려운 생각에 휩싸였다. 해가 진 뒤에 큰 소리를 내는 것은 법도로 금지되어 있었고, 지나치게 근엄한 김성일의 성품을 탐탁하게 여기지 않았기 때문이다. 그들은 서로 눈짓을 하거나 소매를 당기어 몸을 움추리는 듯 슬금슬금 그 자리를 피해 달아나 버렸다.

혼자만 남게 된 황진은 술기운이 가시지 않은 멍청한 눈으로 이쪽을 보았다.

"음, 임자였구나."

장난하다가 들킨 어린아이처럼 흰 이를 드러내며 빙긋이 웃었다. 옛날 그대로의 악의 없는 웃음을 대하자 속으로 생각했던 꾸짖을 말이 사라지고 자신도 어느덧 16,7세의 소년으로 되돌아간 듯했다.

그러한 마음을 억누르기라도 하듯 이맛살을 찌푸리며 김성일은 말했다.

"새삼스레 말할 것도 없이 국사(國事)에 관한 것은 문관만이 맡고 있는 바일세. 임자가 저 혼자로서는 어떤 생각을 가지든 좋으나 무관으로서의 분수를 넘어 멋대로 입을 열어 뭇사람을 현혹하는 짓은 그만두게나……."

황진은 거무스레한 얼굴을 붉히며 부채같이 넓은 손바닥을 좌우로 저으며 친구의 충고를 도중에서 막았다.

"아니야, 아무도 믿어주는 사람이 없어도 나는 몇번이고 말하고 말 것일세. 일본인은 틀림없이 전쟁을 걸어오네. 임자는 성현의 글을 지나치게 읽어서 이같이 분명한 현실을 볼 수 없게 된 거야. 여기에서 나는 서책에서 얻은 지식 따위로 하는게 아니기 때문에 무슨 이론도 아니고 생명력에 의한 직관일세. 만약 마음에 어긋나거든 즉시 내 목을 치든지 오라줄로 묶으면 될게 아닌가. 다만, 이것 하나만은 알고 있게. 적의 침공이 있다고 하자, 그때 목숨을 내던지고 막아야 될 사람이 누구인가. 임자들이 평소 무학(無學)이라고 천시하고 있는 우리 무관이 아닌가."

그런 말을 남기고 별로 급하지도 않은 듯한데 뜻밖에도 그 거구를 사슴처럼 재빠르게 발자국 소리도 안내며 큰 법당 추녀로 가려진 짙은 어둠 속으로 사라져 갔다.

9월로 접어들자 관백(關白)의 군사는 겨우 숙적을 평정하고 변방에서 개선해 왔다. 구경하고 돌아온 스님의 말을 들으니 10만 대군이 도성으로 돌아오는 행진은 이제까지 보지 못한 눈부시게 화려한 것이었다고 한다.

그런데 예측과는 달리 그 후 한 달 이상이 지나도 조선 사절단 일행은 여전히 대덕사(大德寺) 경내에 머물러 있게 될 뿐 대면할 일정은 좀처럼 정해지지 않았다. 더구나 귀경(歸京)한 히데요시는 다회(茶會)나 농악놀이 등 놀이에 빠진 나날을 보내고 있는 모양이다. 승전의 축하주 맛을 아직 다 즐기지 못한 듯, 10월 29일에는 공경백관(公卿百官)과 아름다운 나인(內人) 등 1,000여명을 데리고 기타노(北野)의 천궁(天宮)을 참배하는 성대한 의식도 있었다.

수삼차에 걸친 독촉에 대하여 접반을 맡은 겐조(玄蘇)와 요시토시(義智)가 가져온 회답은 다음과 같은 것이었다.

"관백(關白) 전하께옵서는 목하 천황(天皇)의 궁전이 노후된 것을 우려하여 전의 몇 배나 되는 건축공사를 진행 중이올시다. 평소 충성심이 돈독한 전하께옵서는 우호관계를 맺고 있는 이웃 나라에서 모처럼 오신 사절단을 맞이하는 영광을 혼자 누리자고는 결코 원하지 않사옵니다. 새 궁궐이 낙성된 후 그 축하도 겸해 친히 일행을 인도하여 폐하를 뵙게 할 날을 무엇보다도 즐겨 기다리고 계시옵니다."

내걸고 있는 이유는 얼핏 보아 모두가 그럴듯 하나 김성일에게는 도저히 진실된 것이라고 믿어지지 않았다. 군주로서의 대권(大權)을 스스로 제 손아귀에 넣고 명목상의 지위로 밀어뜨린 위황(僞皇)을, 찬탈자 자신인 히데요시가 그처럼 존중한다는 것은 이해할 수 없는 논법이다. 면담을 될 수 있는 데까지 질질 끌어서 가는 데까지 초조하게 만든 뒤 왜국의 요구를 안겨 유리하게 일을 진척시킬 기회를 얻기 위한 단순한 구실로밖에 볼 수 없다.

아직 만난 적이 없는 히데요시, 변명을 늘어놓는 겐조(玄蘇)나 요시토시(義智)의 배후에서 집요하게 이쪽을 노려보고 있는 허깨비의 눈살을 김성일은 감지해 왔다. 풍모를 가까이에서 접한 바 없으니 이목구비는 뚜렷하지 않고 그야말로 허깨비로서 허공에 떠있다. 그는 자신이 섬기는 조선 왕 이공(李昖), 또는 북경에 갔던 선배로부터 들은 명나라의 만력제(萬曆帝) 등과는 아주 다른 종류의 지배자로 보인다. 왕이나 황제는 전제군주로서 고집을 피운 적은 있으나 모두가 공맹(孔孟)의 책을 읽고 그 이론으로 설득할 수 있는 인간이다. 그런데 지금 자기 환상 속에 나타난 히데요시의 하얀 얼굴은 밀치고 당기어도 도저히 움직일 수 없는 괴물같은 존재로도 보인다.

찬 바람이 잎진 나무가지에 울고, 북녘 산마루에서 피어오른 잿빛 구름이 진눈깨비를 뿌리는 겨울이 왔다. 거듭되는 독촉이 모조리 무시당한 끝에, 면담은 어이없게도 간단히 실현되었다. 11월 5일, 겐조(玄蘇)가 갑자기 절에 나타나 모래 7일에 관백(關白) 전하께옵서 취락정(聚樂亭)에서 친히 국서를 받는다고 통고해 왔다.

오래 기다리게 한 것과 같이 졸지에 만나자고 한 것도 왜측의 일방적인 조치였다. 속에 든 것이라고는 한일자(一) 하나 없고 오로지 본능적인 직감으로만 행동하는 본 데 없는 인물의 참모습을 여기서 본 듯했다. 알현을 지금까지 연기해 온 것은 히데요시로서는 나름대로의 계산이 있었을 것이다. 그 속셈의 움직임을 자세히 잡을 수는 없지만 김성일의 후각에는 늘 그런 것이 예민하게 감지되어 왔다. 오래 두고 봐야 일이 생각대로 진척되지 않으리라고 느끼었을 때, 참주(僭主) 히데요시의 가슴 속에 고였던 그 무엇이 갑자기 터진 것인가. 벼락 출세자 누구에게나 있는, 성 잘내고 난폭한 성질, 그런 성질이 가져온 변덕스러운 처사였다.

　조선인들은 하급 관료에 이르기까지 모두 희색이 만면했다. 그들의 머리 속에는 사명을 달성하지 못할까 하는 두려움보다 이제야 쉬 귀국하게 되겠구나 하는 안도감이 가득한 듯해 보였다. 그 중에서 오직 한 사람, 정사(正使) 황윤길(黃允吉)만은 평소보다 훨씬 어둡고 우울한 표정을 짓고 있었다. 이에 따라 그런 것도 아닌데 김성일도 무언가 불길한 듯한 것이 차츰 부풀어 오는 것을 억제할 수 없었다.

　7일 아침, 겐조(玄蘇), 요시토시(義智), 거기에 요시토시 부친의 가신(家臣)으로 외교에 경력이 많은 야나가와 노리노부(柳川調信), 이렇게 3명이 맞이하러 왔다. 한양을 떠나 계속 사신 일행과 같이 행동해 온 그들도 이제 임무를 매듭짓는 중요한 날이라 그 일거수 일투족은 긴장 때문에 어둔한 데도 엿보였다. 정사(正使), 부사(副使)를 비롯하여 고관 수명은 히데요시로부터 특별히 보내온 교자를 탔다. 겐조(玄蘇)도 승려라는 신분에 맞추어 교자가 허용되었다. 요시토시와 노리노부는 말을 타고 길을 인도하였다.

　일행은 절의 큰 문을 나서자마자 수개월만에 다시 거리를 메운 구경꾼의 호기심 어린 시선과 귀에 낯설은 오랑캐의 노래에 묻히었다. 이번에도 역시 행렬의 중간쯤에 악대가 요란하게 행진하고 있었다. 그 전후에 별도로 수십명의 사람들이 덧붙어 있는 것이 전번과는 다른 점이다. 그들은 관백(關白) 가문에서 녹을 받아먹고 있는 악공들로서 그들이 불어대는 날라리며 소라악기는 조선인이 가지고 있는 것과 놀라울 만큼 흡사하였다. 그러나 곡조는 촌스럽고 솜씨도 서툴러서 가락이 조선의 악대와 맞지 않아 연주는 뒤죽박죽이었다. 악사를 비롯하여 모든 조선인들은 타는 듯이 붉은 생초비단을 입고 있었는데 너무 오래 체류한 탓으로 조복은 군데군데 눈에는 드러나지 않지만 흠이 지고 때가 묻어 있었다.

왜의 노복들이 메는 가마의 창문으로 펼쳐지는 이색적인 광경에 김성일의 눈길이 쏠렸다. 천수각(天守閣)이라 일컫는 우뚝한 누각을 중심으로 질서도 없이 들어선 무수한 건물이 한데 어울린 덩어리. 그것은 문관으로서 최고의 자리라는 관백(關白)의 조용한 샤저(私邸)라기보다 무엇인가 도전적인 풍모를 갖추고 있었다. 몇 길 깊이인지도 모를 물이 시퍼렇게 담겨 있는 호(濠)는 타인의 출입을 막고 다시 성벽이 높이 가려져 있다. 돌담들은 이음매가 교묘히 붙여져서 하나의 바위같이 보이는데, 화살을 쏘기 위한 전안(箭眼), 조총을 쏘기 위한 총안(銃眼)들이 총총히 뚫려 있어 끊임없이 팔방을 노려보고 있다. 몇 달 아니 몇 년의 포위공격에도 견딜 것같다. 명나라에서조차 예가 없는 완벽한 성채(城砦)가 가로놓여 있었다.

도교(跳橋)를 건너 기린과 잉어가 야단스럽게 조각되어 있어 주위와 어울리지 않는 당조풍(唐朝風)의 사각교문을 지나 들어갔다. 행렬은 일단 정지하고 요시토시(義智), 노리노부(調信), 겐조(玄蘇)는 거기서 말에서 내려 걸어들어갔다. 김성일 등도

이에 따르려 하니 정중히 만류되었다. 관백(關白)의 직접 지시
에 의해 조선 사신들은 하마(下馬)하지 말라는 전갈이었다. 왜
추(倭酋)도 뜻밖에 예절을 분간하는 인물일지도 모른다고 생각
하였다.

가마는 또다시 느릿느릿 움직이기 시작하여 광대한 안마당으
로 들어갔다. 갖가지 이국의 화초가 색채와 향기로 감각을 즐
겁게 해주는 것은 좋은데, 웬일인지 나무마다 지나치게 가위질
을 해서 부자연스러운 꼴로 이지러져 있었다. 그것은 식물의
생명을 비틀고 꼬부라트리는 기술에 의해 이루어졌는데, 아무
래도 어느 철에도 열매 하나 맺히지 않는 불모의 숲일 것이다.
대소 형형색색의 용도도 알 수 없는 건물들이 차례로 눈에 띄
었는데, 기와는 모두 황금빛이라 이것이 대낮에 번쩍거리는 모
양이 흡사 천 송이의 부용이 일시에 피지나 않았는가 여겨졌
다. 이 지나치게 우아한 광경은 이 호화저택의 바깥에서 느끼
는 불쾌하고 살벌한 인상과는 엄청난 대조를 이루는 것이다.

큰 배들을 줄줄이 띄워 뱃놀이라도 할 수 있을 듯이 보이는
호수같은 못이 있다. 아득히 넓은 물 저쪽에 대붕(大鵬)이 나
래짓을 하며 하늘로 나는 듯한 거각(巨閣)이 나타났다. 3층인
데 물가로 이어진 난간과 둥근 기둥들도 모두가 눈부신 금색으
로 싸여 있다.

네 채의 가마는 그 거각의 정면으로 메어져 가서 정사(正
使), 부사(副使), 서신을 넣은 나전통을 받들고 있는 서장관(書

狀官), 그리고 또 한 사람의 문사(文士) 차천로(車天輅)의 순으로 내렸다. 특이하게 차천로가 여기에 합세한 것은 왜측에서 난해한 문장이라도 내놓았을 경우 졸지에 부끄러움을 겪지 않도록 하기 위함이었다.

수행원들은 모두 뜰에 대기하고 네 사람만이 침전(寢殿)이라 일컬어지는 그 당(堂)으로 올라갔다.

호위무관이 기다리고 있는 작은 방을 통과하고 넓은 회랑을 지나서 대면소(對面所)라 불리는 넓고 큰 방으로 들어갔다. 계집처럼 볼에다 연지와 분을 바르고 눈썹을 그린 15,6세 가량의 미동(美童)이 나와 공손히 맞이하였다. 말과 행동에 묘한 색정(色情)이 풍기는 걸 보니 아마 평추(平酋)의 총애를 받고 있는 자이리라. 사신들은 방 한가운데에 북쪽을 향해 앉도록 마련된 방석으로 인도되었다. 황윤길이 가운데 앉고 김성일과 허성이 양옆 일직선상에, 조금 뒤에 차천로가 자리했다.

이 방의 격자무늬로 짜여진 천장이며 미닫이의 창살 할 것 없이 모조리 금박이 칠해져 있었다. 그러나 그보다 더 김성일을 놀라게 한 것은 기둥과 선반·반침 등에 최상의 노송나무가 쓰여 어딘가 깊은 산속같이 신선한 향기가 줄곧 발산되고 있다는 것이었다. 벽과 반침의 문짝에도 역시 금박이 칠해져 있고 거기에 사군자(四君子)며 화조(花鳥)의 그림이 빈틈없이 짙은 색채로 그려져 있었다. 필치는 호탕함과 섬세의 시적 정취를 아울러 지녔으니 관백(關白)이 중히 여기는 후지하라(藤原), 에 이도쿠호간(永德法眼) 등 화공들의 솜씨가 예사롭지 않음을 보여주고 있다. 그런데 벽장 구석의 달을 보고 포효하는 범의 그림은 아무래도 얼룩고양이 정도밖에 안보였다. 실물을 눈으로 볼 기회를 얻지 못했기 때문에 생긴 실점(失點)이리라. 총체적으로 실내를 지배하고 있는 것은 먼지 하나 용납하지 않는 결벽증인 듯하다. 그런데 일조유사시(一朝有事時)에는 이렇게도 차분하고 아름다운 이 모든 것이 물 한 방울 새지 않는 철통같은 성채로 변할 것이 분명하다.

김성일 등이 앉아 있는 동편 문지방 너머에 약간 작은 별실이 있어 수명의 왜인들이 앉아 있었다. 통사(通事)를 대신하는 요리노부(調信)에 의해 한 사람 한 사람 소개되었다. 모두가 이 나라의 이름있는 세습귀족(世襲貴族)으로 관백(關白)의 지명을 받아 회식의 접반을 맡은 사람들이다. 그러고 보니 인품이 천하지 않은 데가 있으나 많은 무사와 조선인 사이에 섞여 좀 부끄러운 듯 약간 침착성을 잃은 듯해 보였다. 상좌에서 차례로 세이고인(聖護院), 기쿠테이(菊亭)·나카야마(中山)·곤슈지(勸修寺)·히노(日野) 등 아호를 일러주었다.

또한 바깥쪽에 한층 낮은 작은 방이 있는데, 첫눈에 보아 갑자기 출세한 토호(土豪)인 듯 촌티나는 사람들이 대기하고 있었다. 아즈카이(飛鳥井), 하세가와(長谷川)·우키다(宇喜多)라고 하여 상차림을 분부받은 사람들로서 긴장 때문에 얼굴이 굳어져 있었다.

정면 안쪽에 3단 높이로 된 좌단(座壇)이 있는데 그 옆에는 작은 계단을 통해 마루에서 올라갈 수 있게 마련되어 있었다. 그 좌단 위에 돗자리를 펴고 다시 비단 보료를 포개 놓았는데 그 곳에는 누구보다 체신이 작은 인물 오직 혼자 앉아 있었다.

관백직(關白職)의 표장(標章)인 듯한 홀(笏)을 오른 손에 들고, 너무 크고 길어서 앉아 있는 자리 밖으로 뻗쳐 나올 듯한 황금 칼을 그의 가는 허리에 비껴차고 있었다. 그것을 제외하면 쓰고 있는 에보시(烏帽子)라는 모자는 조선의 사모(紗帽)와 너무도 비슷하고, 호리호리한 체구에 걸친 그의 옷도 김성일 등의 자포(紫袍)와 크게 다를 바가 없었다. 어쨌든 너무 떨어져 있어 이목구비(耳目口鼻)는 자세히 파악할 수 없었다.

네 사람은 모국에서의 관습대로 고두삼배(叩頭三拜)하였다. 마치자 허성(許筬)만이 조금 앞으로 나아가 조선왕이 친히 서명한 서장(書狀)을 시중드는 벼슬아치를 통해 올렸다.

이어서 선물의 전달이 행해졌다. 호피 100장, 당나라 안장 둘, 꿀통 다섯 짐, 인삼 한 광주리, 깨끗한 백미 50섬이다. 이것들은 미리 넓은 회랑에 운반되고 들여지지 않은 것은 뜰에 쌓이었다. 따로 고려말(高麗馬)과 매가 있었는데 생물이라서 통사(通事)가 품목(品目)만 읽고 말았다.

거기서 음식이 나왔다. 사각반 다섯에다 각종 반찬들이 조금씩 담겨져 있었다. 왜측 사람으로 사신과 같이 차려진 상을 받은 사람은 아즈카이(飛鳥井)라는 사나이 한 사람뿐이고 다른 접반자들의 상 위는 훨씬 빈약하게 보였다. 그런데도 그들은 며칠 밥이라도 굶은 듯이 서둘러 씹어 삼키기에 정신이 없었다. 네 사람은 서로 합의한 것도 아닌데 반찬에는 일체 젓가락을 대지 않고 구운 떡만을 씹고 있었다. 조선인이 좋아하는 육류가 없었을 뿐만 아니라 모두가 역시 독이 들지나 않았을까 두려워했기 때문이리라. 술은 희뿌옇게 흐린 것이고, 술잔도 유약을 바르지 않은 조잡한 질그릇에 불과했다. 특별한 술자리 예절도 없는 듯, 잔이 주객(主客) 사이를 두세 번 오간 후 상은 재빨리 치워져 버렸다. 김성일은 한양의 왕궁에서 명나라 사신을 대접하는 연회석에 여러 번 참석한 적이 있었는데 그러한 장면과 비교하면 너무도 빈약하다는 인상을 지우기 어려웠다.

갑자기 미닫이 여는 무거운 소리가 났다. 김성일은 눈을 쳐들었다. 관백(關白)이 일어서서 이쪽으로 등을 보이며 막 걸어나가려 하는 참이었다. 좌단의 배후에 있는 금빛 미닫이가 좌우로 활짝 열려 있는데 까맣게만 보이던 작은 몸집이 그 사이로 끌려들어 가는 듯 사라졌다.

예정된 행사는 아직 반도 치르지 못했다. 무엇보다 먼저 떠오르는 것은 부지중 무언가 관백(關白)의 심기를 불쾌하게 한 실수를 저지르지나 않았는가 하는 두려움이었다. 함께 자리한 왜인들도 똑같이 뜻밖의 일인 듯 새파랗게 질린 얼굴을 하고 있었다. 입을 열기는커녕 옴짝달싹하는 사람 하나 없었다.

아무 예고도 없이 미닫이가 또다시 열렸다. 사나이가 하나 나타났다. 옷감도 마름새도 더없이 몸에 딱 붙는 것이나 이러한 장소에는 어울리지 않는 평복을 입고 있었다. 거기에다 젖먹이라고 봐도 되는 어린애 하나를 안고 있었다. 관백(關白)이었다.

비어 있는 보료에는 앉을 생각도 하지 않고 좌단을 비스듬히 가로질렀다. 50고개를 너댓이나 넘어선 사람답지 않게 거침없는 걸음으로 좁은 계단을 내려왔다. 그냥 똑바로 김성일 등이 앉아 있는 쪽으로 걸어왔다.

비로소 관백(關白)의 얼굴을 가까이에서 보게 되었다. 얼굴은 대단히 작고, 볼은 살이 빠져 있었다. 햇살에 그을려서인지, 술이 과해서 그런지는 몰라도 살결은 검고 누런 빛을 띠고 있어서 어딘지 모르게 천한 느낌이 들었다. 거리에서 마주쳤다면 특별히 눈길을 끌 만한 데도 없을 것 같은 흔한 풍채다. 언뜻 쥐가 연상되었다.

다만 겨우 한 가지, 눈만은 매섭게 빛났으며, 보는 사람을 쏘아부치고야 말 예리한 바가 있었다.

왜인들은 모조리 부복하고 있었다. 김성일은 옆자리의 황윤길을 흘끗 훔쳐 보았다. 노인은 정사(正使)의 체통을 지키려는 듯 그래도 겨우 고개를 들고는 있었지만 부석해진 이마에는 땀이 어리고 병든 몸이 가늘게 떨고 있었다. 노인을 비웃으면 안 된다. 자신도 아마 그에 못지 않게 보기 거북한 얼굴을 하고 있을 것이라고 김성일은 생각했다.

관백(關白)이 바로 곁으로 지나갔다. 거기 있는 네 사람 따위는 안중에도 없는 듯하다. 젊은 사람처럼 빠른 걸음으로 넓은 방의 끝까지 가서는 되돌아왔다. 그리고 아기를 어루면서 대청 안 이곳저곳을 거닐었다.

귀찮은 의관을 벗어던지니 상쾌해졌으리라. 동작은 지극히 활발하였다. 아무런 의미도 얻어내지 못한 의식을 일방적으로 걷어치우고 본래의 자신으로 돌아간 기쁨이 온몸에서 풍기었다. 그것은 비속하지만 너무도 순진하고 진솔하여 보는 사람의 마음을 묘하게 사로잡는 것이 있었다.

얼마를 지나자 돌아다니는 것도 싫증이 났는지 마루 끝으로 나아갔다. 뜰 앞 자갈 위에는 함께 온 조선의 악공 2, 30명이 웅크리고 있었다. 관백(關白)이 왜말로 부르짖는 소리가 났다. 시중드는 관원이나 통사(통역)가 달려갈 겨를도 없는 졸지의 일이었다.

손짓으로 내려진 명령이 통한 모양이다. 먼저 피라가 울고 대금·단소·해금이 이에 합주되었다. 드디어 때 아닌 아악의 가락이 장엄하고 혹은 부드럽고 곱게 뜰에서 메아리져 전각 안으로 흘러들었다.

관백은 난간 끝에 주저앉았다. 어린 아기는 진기한 고려악에 깔깔 웃음소리를 냈으며, 히데요시 자신도 심히 호기심이 끌리는 듯 열심히 듣고 있었다. 한 곡조가 끝나자 쉴 사이를 주지 않고 또 청했다. 이번에는 현금의 명수가 애절한 연가를 연주

했다.

김성일은 언젠가 왜경(倭京)을 향해 요도강을 항해하던 중
배 안에서 겐조(玄蘇)가 들려주던 이야기가 되살아났다.

"관백 전하께옵서는 오래도록 후사가 없으셨다가 신명의 가
호를 입사와 작년 5월, 후궁 차차당(茶茶堂)의 몸에서 남자
아이를 하나 보셨사옵니다. 노경에 접어들어 한 점 혈육으로
서 그 자애로운 정이야말로 예사롭지 않사옵니다. 재경(在
京) 중에는 밤마다 데리고 자는 것은 물론이고, 손수 싸워서
얻으신 천하 60주(州)마저도 이 쓰루마쓰(鶴松) 공자(公子)
하나와 바꿀 수 없다는 등 어이없는 말씀을 우리들 앞에서도
서슴없이 하실 정도입니다."

그러나 한편, 끈질긴 풍문이 장안 안팎 사람들의 귀에서 귀
로 흘러다니고 있다는 것을 김성일이 내보냈던 정보원들이 들
었다. 이 나라의 상민들은 권세자 앞에서는 무릎을 꿇고 순종
하는 체하지만 일단 뒤로 돌아서면 참으로 대담하고 신랄하게
비웃고 욕하는 특성을 가지고 있다는 것이다. 그들의 이야기에
의하면 관백(關白)은 선천적으로 자식 씨앗이 없어 자손을 바
랄 수 없는 체질이라고 한다. 북당(北堂)마님이라는 존칭을 받
는 정실을 비롯하여 열 손가락으로 다 헤아리지 못하는 처첩들
에게 둘러싸여 있으면서 여태 한 사람에게도 회임을 시킨 예가
없는 것이 무엇보다도 분명한 증거라고 할 수 있다. 따라서
쓰루마스(鶴松) 공자 또한 전하의 혈통일 수가 없다는 것이다.

어느 나라에서나 소문이란 꼬리가 달리게 마련이다. 음란한 성품이라고 소문난 아사이(淺井)씨는 유모의 아들 오노(人野) 아무개, 혹은 젊은 당상관과의 교제에 대해 전부터 말이 있었는데 공자의 진짜 애비는 그들 가운데에서 찾아야 한다는 추측마저 나돌고 있다.

김성일은 이제 떨지 않았다. 두려움도 서서히 사라져 갔다. 언젠가 전에 명나라 도사로부터 배운 관상지식에 의하면 쥐상(鼠相)은 48상의 최하위로 도대체 큰 인물에게는 있을 수 없다고 했다.

그 때, 믿을 수 없는 일이 일어났다. 쓰루마쓰(鶴松)가 잘못하여 히데요시의 바지에 오줌을 싼 모양이다. 평복이라고는 하나 최고의 그 옷은 어느덧 젖어버리고 말았다.

관백(關白)은 뜻밖에도 조용하기만 했다. 온 얼굴의 주름살이 웃음으로 일그러지며 손뼉을 치며 안쪽을 향해 뭐라고 기세 좋게 불렀다.

시녀라고 생각되는 젊은 왜녀(倭女)가 달려나왔다. 아기는 정중히 그 여자의 손으로 넘겨졌다.

미닫이 문이 열리자 관백 자신도 그 안쪽으로 들어갔다. 기다릴 사이도 없이 그는 또다시 대청에 나타났는데 머리 꼭대기에서 발 끝까지 순백의 새 옷으로 갈아입고 있었다. 모든 것이 저 혼자 멋대로 하며 남에게 누를 끼치는 생각 따위는 추호도 발견되지 않았다.

히데요시의 심기는 여전히 좋았다. 조선에 대해 답례로서 말·갑옷·완상용(玩賞用) 기물을 주기로 했다. 황윤길과 김성일 앞에는 각각 은(銀) 400냥이 놓였다. 서장관·통사 이하 신분에 따라 차등은 있었지만 상당한 선물이 마련되었다. 그밖의 악공·나졸 등 아랫사람들에 이르기까지 빠뜨리지 않고 술·만두·감귤 등이 주어졌다. 끝맺음으로 이번 사신을 주선한 공을 포상하여 요시토시(義智)를 종사위하(從四位下)의 시종(侍從)으로, 요리노부(調信)를 종오위하(從五位下)로 서임하는 전갈이 있었다.

사신들의 퇴출도 역시 풍악을 울리는 행진이었기 때문에 일행이 대덕사(大德寺)로 돌아온 것은 엷은 햇볕이 벌써 북쪽 산마루로 사라져 가려는 시각이었다. 누가 시킨 것도 아닌데 중진 몇 사람은 큰 법당 오서원(奧書院)이란 방에 모여들었다. 얼마 동안은 아무도 입을 열려고 하는 사람이 없자 정사(正使) 황윤길이 갑자기 크게 한숨을 쉬고는

"이 나이가 되도록 그같이 무서운 인물을 만난 적은 없구려. 참으로 호랑이 턱 밑에서 도망쳐 나온 것 같소이다."

라고 말했다. 그의 얼굴은 아직 흙빛 그대로이며 이 반나절 동안 수년이나 더 늙어버린 듯이 보였다.

김성일은 당장에 소리를 높여 노인의 식견없음을 항변하려 하다가 자신의 마음에도 납덩이처럼 무거운 피로가 눌려와서 나오려는 말을 목구멍에서 막아버렸다.

　만력(萬曆) 19년(1591년) 2월 초, 통신사 일행은 부산포에 당
도하여 동래 객사에 투숙할 수 있었다. 작년 12월 11일, 왜국의
효고(兵庫)를 떠나서부터 근 두 달만에 밟은 고국의 흙이었지
만 200명의 일행은 무사히 돌아온 것을 서로 기뻐할 겨를도 없
이 이튿날 아침 일찍 한양을 향해 수백리 육로 여행을 계속하
지 않으면 안되었다. 왕께 복명하는 것이 시급하다는 이유 외
에 일행의 중심인 정사(正使) 황윤길의 병세가 예사롭지 않았
기 때문이다.

　황윤길은 배 안에서 거의 음식을 먹지 않고 누워 있었다. 긴
여정의 피로에 의해 숙환인 신장(腎臟)이 악화된 것은 물론이
지만 요즘에 와서 눈에 띄도록 쇠약해진 것은 육체적 원인만
이 아니라고 김성일은 생각했다. 지난 해 겨울 11월에 취락정
(聚樂亭)에서 평추(平酋)를 대면한 이래, 황윤길은 그의 정기
(精氣)를 다 빼앗긴 것처럼 되어 있는 것을 김성일은 눈치챘
다. 사실 그는 황윤길이 잠잘 때에

　"수길(秀吉), 수길……."

하고 지껄이는 것을 몇 번이나 들었다. 비바람 치는 밤, 노도
와 광풍의 울부짖음에 섞여 옆방에서 들려오는 음산한 잠꼬대
는 망령기 든 일개 노인의 문제가 아니라 자기 나라의 불길한
운명을 예고하는 정체불명의 요상한 소리 같기도 하였다. 김성
일은 동정은커녕 너무도 줏대없는 상사에 대해 심한 모멸감을

느꼈었다.

봄볕 속에 만개한 매화향기 속에서 새재(鳥嶺)를 넘었다. 고향땅 안동을 지내놓고 왔지만 처자가 기다리고 있는 고향집에 들를 겨를이 없었다. 가마 속에서 쿨룩거리며 앓고 있는 정사(正使)의 몸을 한시라도 빨리 도성으로 보낼 의무가 김성일에게는 있었다.

그들 일행이 조선왕 이공(李昖)을 배알한 것은 그로부터 10일쯤 뒤엔 2월 말이 되어서였다. 오랜만에 눈에 안겨오는 한양은 북한산의 눈도 녹고, 대궐의 기와에서, 민가의 초가지붕에서 늦게 찾아온 봄을 기리는 듯 까치들이 까악까악 짖어댔다. 꼭 1년 전의 그 곳, 신표를 받잡고 행차를 격려하는 술잔을 하사받은 바로 창덕궁(昌德宮)의 인정전(仁政殿)이었다. 황윤길은 이례적으로 두 사람이 양옆에서 부축하는 가운데 입시하였다.

선조수정실록(宣祖修正實錄)에는 다음과 같이 기술되어 있다.

상감께서 물어 가라사대, '수길은 사람됨이 어떠하던고?'하자, 윤길이 아뢰기를 '그 눈빛이 번쩍거리니 이는 담력과 지혜가 있는 인물인 줄 아뢰오.' 라고 했다.

벼슬아치로서의 수완보다는 능서가(글씨 잘 쓰는 사람)로서 화려한 재질이 세상에 알려진 노인 황윤길, 지금은 끊어질 듯한 가는 소리로, 그러나 분명하게 대답했다. 듣기에 따라서는 학문만 좋아하며 결단력이 모자란다는 세평이 있는 자기의 군

주보다 오랑캐 우두머리 히데요시(秀吉)를 칭찬하는 것 같기도
한 말투였다.

그리고 갑자기 부축하는 사람들의 손을 뿌리치고는 간장에서
치밀어오는 그 무엇을 참지 못하는 듯 온몸을 마루에 내던지듯
부복하였다. 몸을 떨면서 세 번 되풀이하며

"반드시 병화(兵禍)가 있사오리다!"
하고 아뢰었다.

김성일은 곁에서 듣고 있자니 부글부글 속이 끓었다. 늙은
황윤길이 왜국에서 보인 비겁과 비굴한 모습이 떠올랐다. 왕의
하문(下問)을 기다릴 것도 없이 스스로 앞으로 나아갔다.

김성일이 아뢰기를

"평추(平酋)이 또한 용렬한 인물이라, 그 눈은 쥐와 같사오
니 두려워할 바 아닌 줄 아뢰오."

이어 왜의 군사 움직임 징조에 대해서는

"신(臣), 그것을 보지 못함인즉 정사(正使) 윤길이 민심을
동요시킴은 부당하온 줄 아뢰오."
라고 아뢰었다.

묘당은 졸지에 소란해졌다. 정사와 부사의 견해가 이처럼 두
조각으로 딱 갈라질 줄은 예상도 못한 일이었다. 다음으로 서
장관 허성(許筬)이 불려나갔다. 그가 아뢰는 바는 어느 쪽이라
모를 애매한 것이나 굳이 따진다면 약간 정사의 소견에 가까웠
다. 조정의 신하들은 저마다 소견이 분분하여 어전(御前)이란

것도 잊어버린 듯한 모습을 드러내었다. 유성룡이 김성일을 두
둔하는 뜻을 보였다. 그러나 윤길이야말로 옳은 사신 노릇을
했다고 하는 사람도 많았다.

왕은 그 동안 한 마디도 자신의 의견을 말하지 않았다. 흰
살결의 얼굴에 있는 가는 핏줄이 약간 더 붉어졌을 뿐이다. 다
년간 왕을 가까이 모셔온 김성일은 그것만 보고도 왕이 내심
심한 고뇌를 겪고 있음을 알 수 있었다. 전주이씨(全州李氏)의
왕조가 성립되고 200년, 이 작은 나라가 처음으로 겪는 외환이
었다. 태조(太祖)·세종(世宗)·세조(世祖)·성종(成宗) 등 영
명한 군주와 비교하는 것은 무리라고 하지만, 태평세월이라면
그런대로 대과없이 서정(庶政)을 운용할 수 있는 기량을 지니
고 있다. 중년에 접어들면서 학문에도 국사에도 약간 지쳐서
내전(內殿)에 들어앉아 연락(宴樂)과 여색에 빠지는 일이 많아
졌다. 부석해진 눈자위 둘레에 생긴 검푸른 저승버섯이 무엇보
다도 이러한 변화를 보여주고 있었다.

뒤쪽에서 외치는 소리가 나서 김성일이 돌아봤다. 품계가 낮
은 관원들이 도열해 있는 말석에서 키 큰 구레나룻 수염의 사
나이 하나가 일어서 똑바로 그를 바라보고 있는 것이 보였다.
선전관 황진(黃進)이었다. 분노를 참지 못하여 큰 소리로 말하
기를

"황(黃), 허(許)의 우둔함으로도 오히려 능히 적정(賊情)을
알거늘, 하물며 성일(誠一)의 예민함으로 어찌 모를 리 있으

랴. 그 마음 괴이하도다."

라고, 왕에게 당장 김성일을 베라고 아뢰는 것이었다. 사실, 그의 바른 손에는 이미 시퍼런 칼날이 번쩍이고 있었다. 그 칼은 김성일도 본 적이 있다. 황진이 왜경(倭京)에서 얻은 명검 중 하나였다.

5,6명의 무관이 우르르 달려와서 미친 듯 날뛰는 황진을 마루에 꿇어 엎드러뜨렸다. 무기는 마루에 떨어지고 남달리 큰 그 몸은 오라줄에 묶이었다.

거칠게 끌려나가는 황진의 뒷모습을 보는 김성일은 멍해졌다. 여러 사람의 제지가 조금만 늦었더라도 김성일의 목은 그 왜도(倭刀)에 의해 달아났을 것이다. 김성일은 일찍이 그 나라에서 왜인으로부터 받은 것과 같은 공포감을 느끼지 않을 수 없었다. 그러나 조금 전 황진의 표정은 증오와 노여움으로 눈썹이 치켜졌으면서도 그 밑의 눈망울은 우는 듯 젖은 빛을 띠고 있다는 생각이 들었다.

용상에서 하교가 떨어져 전원에게 포상이 내려졌다. 위로의 술잔이 한 사람 한 사람에게 하사되고 의전은 끝났다. 정사·부사의 상반되는 보고 가운데 어느 것을 옳다고 하느냐에 대해서는 결론을 서둘지 말고 천천히 시간을 두어 검토하자는 것이 왕의 뜻인 듯했다.

그 날 밤 늦게 유성룡은 사람의 눈에 띄지 않도록 동대문 밖 청량리에 있는 김성일의 집을 찾았다. 사람을 모두 물리고 두 사람만이 조용한 방에 앉아 유성룡이 물었다. 친구 사이에 여태 한 번도 예가 없던 엄한 말투였다.

"자네의 말, 황사(黃使)와 같지 않은데 만일 병화가 있으면 어찌할 것인가?"

라고 다그치자 김성일이 말하기를

"내 또한 어찌 능히 왜가 끝내 움직이지 않는다고 할손가. 다만 황윤길의 말이 나라 안팎을 심히 놀라게 하니 그것을 막기 위함일 뿐일세."

김성일은 유성룡의 태도에 기가 눌리면서 약간 주저한 후 또 말했다.

"우리나라의 무비(武備)는 계속되는 태평 때문에 형식적인 것이 되어 버렸네. 군사의 머리 수만 채워서 나이 어린 자와 늙은이가 대부분이고 올바른 조련 하나 되어 있지 않네. 유교의 좋지 않은 일면의 영향으로 무인에 대한 멸시가 세상에 가득하고 사기의 저하가 극한까지에 이르렀네. 상감께서 영명하시다 해도 하루 아침에 바로잡을 수 있는 형편이 아닐세. 이에 윤길과 같은 비관스러운 견해가 유포된다면 나라 안은 수습할 길 없는 혼란이 야기될 것은 뻔한 일이 아닌가."

김성일의 결연한 대답이 끝나자 유성룡은 더 이상 아무것도 말하려 하지 않고 어이없다는 듯이 친구를 지켜보고 있었다.

수일이 지나, 조정의 논의는 부사(副使)의 헌책(獻策)이 옳다고 하는 쪽으로 결판이 났다. 비변사(備邊司)에 하교가 내려

가, 사민(士民)을 헛되이 피폐시키지 말라는 명목으로 육진(六
鎭)의 축성(築城)이며 호지(濠池)를 수리하던 일을 모조리 중단
시켰다. 김성일은 공에 의하여 정삼품(正三品) 당상관(堂上官)
에 오르고 왕명을 출납하는 승지(承旨)로 제수되었다.

황윤길은 그 날 집으로 돌아간 후 마침내 자리에서 일어나지
못하고 한 달이 못되어 죽었다. 황진은 하옥된 후 의금부의 추
달과 국문(鞠問)을 받고 있다는 소문이 퍼졌다.

만력(萬曆) 21년(1593년) 4월, 김성일은 반도의 남쪽 진주성
에 있었다.

여름 기운이 짙어진 조선의 산야에는 왜군이 가득 차 있었
다. 모심기도 하지 못하고 길에 보이는 것은 굶어죽은 시신과
아귀같은 몰골의 부랑자뿐이다.

그 사이 2년간 김성일의 신상에는 극적인 변화가 있었다. 만
력 20년(선조 25년) 4월, 왜의 선봉이 동래를 함락하자 왕은 진
노하여 국사범으로서 하옥하라고 의금부에 하달하였다. 그가
형을 면한 것은 좌의정이 된 유성룡을 비롯하여 대간(臺諫)에
서도 일치하여 변호하였기 때문이다. 왕세자도 또한 이같은 국
가 비상시에 쓸모있는 인재를 헛되이 잃는 것은 옳지 않다고
아뢰었다. 실제 싸움이 시작되고 며칠이 되지 않아 많은 장령
(將領)과 유능한 관원들이 목숨을 잃었다. 왕은 겨우 노여움을
풀고 김성일을 석방시키고 그 날로 의병초유사(義兵招諭使)에

임명하였다. 그러한 직후 왕은 한양을 버리고 서북으로 몽진하였다. 도성을 지킬 수 없음을 깨달아 개성에서 평양, 다시 의주로 피신한 것이다. 백관(百官)들도 이에 따랐기 때문에 가령 김성일에 대한 사면령이 없었더라도 그의 죄를 다스릴 사람도 없었을 것이다.

김성일은 수족이 될 아랫사람 하나없이 단신으로 호남지역을 비롯 영남지역 등 각지로 걸어서 다녔다. 안동에 남겨둔 처자가 염려되기는 했지만 그쪽으로 발길을 옮길 겨를이 없었다. 왜병이 출몰하는 틈사이를 누벼 아직 적에게 공략되지 않은 읍촌을 찾는데 애썼다. 초유사가 왔다는 것을 듣고 산골에 숨어있던 군수·현령(縣令) 등 관원들이 조금씩 얼굴을 내밀었다. 그들을 임시 소모관(召募官)으로 임명하고 다시 각지로 격문을 돌렸다. 농부는 급작스럽게 조직한 의병이 되고 명망가와 유생은 가장(假將) 혹은 별장(別將)이란 자리가 주어졌다.

사람들은 겉으로 김성일에게 대들지는 않았으나 그들의 태도로 보아 결코 풀리지 않은 응어리가 있음을 감지할 수 있었다. 그들의 눈에는 냉냉한 증오의 빛이 어리고 있었다. 한양에서 들려오는 풍문에 의하여 이 나라를 이러한 곤궁으로 몰아넣은 책임이 그에게 있다고 생각하는 것이 분명하다. 아니 어쩌면 자기들의 집이 불에 타고 양식을 빼앗기고, 부모처자가 죽음을 당한 것도 모두가 그 하나 때문이라 생각하고 있을지도 모른다. 김성일은 열병(閱兵)이나 연설 도중에 할 말을 잃고 이마에서 흘러나오는 비지땀을 닦는 일이 많아졌다. 한 번은 그가 지나갈 때 철없는 마을 아이들이 돌을 던진 일이 있었다. 밥 속에 일부러 그랬는 듯 모래가 섞여 숟가락을 멈춘 적도 있었다. 눈썹도 수염도 눈처럼 하얗게 되었다. 쉬 피곤해져 자신의 건강이 소리를 지르며 무너져 감을 자각하게 되었다.

함양(咸陽)의 민가에서 머무르고 있을 때 역졸이 전해주는 한 통의 서찰을 받았다. 의주에 있는 행재소(行在所)에서 온 것으로, 공석 중인 경상도 감사에 김성일을 보임한다는 왕의 교지였다. 다만 그것뿐, 어디에 가서 무엇을 하라는 지시는 없었다. 경상도 감영이 있는 대구(大邱)는 도적의 수중에 있었다. 교지를 받아들고 오랜만에 눈물이 쏟아지도록 웃어댔다. 그는 수하 하나 없고 집무를 할 장소도 없는 얄궂은 지방장관이었다.

그 때 거창(居昌)에서 어떤 보고가 들어왔다. 왜군의 주력을 모두 움직여 진주성을 칠 계획을 하고 있다는 것이다.

마침 명나라의 심유경(沈惟敬)과 왜국의 고니시 유키나가(小西行長)의 사이에 화의(和議)가 진행 중이라는 소문이 나돌고 있는 참이었다. 교섭은 모두가 조선을 따돌리고 행해졌기 때문에 왕이나 측근인 유성룡 등도 자세한 것을 알 길이 없었다. 김성일은 굴욕감으로 전신의 피가 끓어올랐지만, 한편으로 곰곰히 생각하면 어떤 형태로든지 화평이 이룩되는 것은 전란 때문에 고통을 겪고 있는 백성으로 봐서 다행스러운 일임에는 틀림없었다.

　왜군은 한편으로 화해를 말하면서도 3월 중순경부터 진주성 공략을 위한 준비에 박차를 가하는 형세를 보이기 시작했다. 모든 명령은 본국 나고야에 있는 히데요시(秀吉) 그자로부터 직접 하달된다고 한다. 이 진주성은 지난 해 10월, 나가오카(長岡), 하세가와(長谷川), 기무라(木村) 등의 2만 군사가 공격하다가 격퇴당한 쓰디 쓴 경험이 있어, 어쨌든 이번에 함락하지 않고는 그들 사무라이의 체면이 서지 않는다는 것이었다. 게다가 이 곳은 호남으로 통하는 길목이며, 경상·전라 두 고을을 할애받는 것을 조건의 하나로 내걸고 있는 평추(平酋)로서는 화평회담을 유리하게 이끌기 위해서라도 기어이 손아귀에 넣겠다는 뜻을 짐작할 수가 있었다.

　운제(雲梯)·비루(飛樓) 등 성을 공격하는 기구 준비며 군량을 조달하는 일까지 히데요시가 친히 세세하게 지시하여 상주와 김해 사이의 8,9만 병력이 서서히 이동을 개시했다.

　민정의 책임자로서 듣고만 있을 수 없는 사태였다. 있는 수단을 다하여 남으로 내려갔다.

　진주성 근처에 가보니 번화하기로 소문났던 이 곳에는 집집마다 사람의 그림자도 안보였다. 마소나 닭·개의 울음소리마저 안들리니 괴이한 인상을 주었다. 그 대신 어느 집 대문 앞에나 많은 책이 널려져 있었다. 대부분 명나라에서 가져온 책이지만 김성일 그 자신의 스승인 이퇴계 등 큰 선비들이 저술

한 조선책도 섞여 있었다.

장터에서 만난 한 노파에게 물어 겨우 그 까닭을 알았다. 4
만 5,000의 주민들은 가지고 갈 수 있는 데까지 가재도구를 챙
겼고, 가축도 몰고 성 안으로 피난갔다. 왜인들이 비록 오랑캐
이기는 하나 설마 성현의 말씀이 적힌 책을 밟고 집 안으로 침
입하겠나 하는 소박한 생각으로 집을 비우면서 책을 대문 앞에
깔아놓았다고 한다. 이 때문에 개인이 간직해 오던 책은 물론
이고, 향교의 서고도 텅텅 비게 되었다고 한다. 이 이야기를
듣자마자 김성일은 깊은 슬픔과 함께 이상한 초조감에 사로잡
히었다. 왜국 땅에서 실제로 보고 들은 체험에 의해서 보더라
도 이처럼 어린애 같은 방법으로 왜병의 약탈을 막을 수 있다
는 것은 상상도 할 수 없는 일이었다.

성문으로 들어가니 광경은 일변하였다. 어디를 보나 노인과
어린애까지 섞인 수많은 남녀의 체취와 그치지 않는 시끄러움
으로 가득차 있다. 건물들은 군사들이 차지하고 있기 때문에
민간인은 모두 밖에서 잠을 자고 있었다. 하루에 한 번 죽을
끓여 주기는 하지만 전원에게 돌아가기 어려워 굶주림 때문에
힘없이 앉아 있는 사람이 많았다. 더구나 샘물도 나쁜지 여태
들어본 적도 없는 병이 창궐하여 울부짖고 신음하는 사람이 반
수나 되는 듯하다. 의생들이 몇 사람, 자기들이 가지고 있던
약재를 모아 가마솥에 달이고 있지만 효과는 별로 안보인다.
적군이 오기 전부터 이미 아비지옥의 양상이었다.

군사의 모습도 보였는데 그 수효는 많지 않고 복장도 가지가지다. 궤멸한 정규군에서 살아 남은 사람과 의병과의 혼성인 까닭에 확실한 지휘자도 정해지지 않아 통일된 지휘계통도 없었다. 그래도 창의사(倡義使) 김천일(金千鎰)의 휘하 500, 경상우병사(慶尙右兵使) 최경회(崔慶會)의 군사 600, 복수의병장(復讐義兵將) 고종후(高從厚)의 민병 400 등이 진을 치고 있었으며 성이 위태롭다는 것을 듣고 각지에서 장윤(張潤)·이잠(李潛)·강희보(姜希輔) 등 뜻있는 사람들이 달려오고 있다는 통지가 들어왔다.

장령들은 때아닌 감사의 출현에 조금 언짢은 눈치였으나 노숙시킬 수도 없고 관가의 방 하나를 비워 주었다. 김성일은 이틀 낮, 이틀 밤을 계속해서 잤다. 깨어보니 몸은 충분치는 않으나 심신은 일단 상쾌히 회복되었다. 곧장 방에서 나와 다시 성 밖으로 나가 사람없는 거리를 쏘다녔다. 그리고 길가에 버려진 책을 뒤졌다.

숙소에 돌아와서는 가지고 온 책들을 간추려 읽기 시작했다. 골라 온 책들은 유학자인 그와 인연이 없었던 병서(兵書)들이었다. 젊은 날, 퇴계 선생 문하에서 훈도를 받을 때에도 이처럼 정성을 쏟아 공부한 적은 한 번도 없었던 것 같았다. 책읽는 틈틈이 쇠약한 몸을 일으켜 성의 안팎을 돌아다니며 지형의 고저를 살펴 머리 속에 간직하기 위해 애를 썼다.

촉성루에도 올라가 보았다. 고려 고종(高宗) 때 건축된 것으로 둘레 4,400척(尺)의 진주성 중에서 가장 높은 자리에 있다. 달맞이하는 풍취가 비길 데 없어 묵객(墨客)들의 사랑을 받는 곳이다. 김성일도 10년쯤 전에 이 곳에 유람하여 시 한 수를 읊은 적이 있다. 바로 15척 아래 남강 물은 굽이쳐 흐르고 푸른 지붕과 붉은 단청 기둥이 물 속에 그림자를 드리우고 있는 풍광은 그 때와 조금도 달라지지 않았다. 김성일은 자신이 시인이라는 것을 까마득하게 잊고 있었다. 깎아지른 듯한 벼랑의 이끼며 건너편에 펼쳐진 늪이나 못으로 시선을 던졌다. 왜인들에게 띄지 않게 화약이나 화살을 배로 날라 올릴 곳을 지금 찾아 놓자고 생각했다. 심한 현기증을 느껴 난간에 몸을 기대었다. 맑고 푸른 남강 물이 갑자기 핏빛으로 바뀌어 500척 강너비 가득 붉게 흐르는 듯이 보였기 때문이다.

거의 매일 밤을 꼬박 새우며 도면을 그렸다. 김성일에게 남겨진 시간은 얼마되지 않는다. 이 성과 그 안에 있는 수만명의 사람들을 구하기 위해 서둘지 않으면 안된다.

도면이 다 되자 그것을 들고 김천일(金千鎰)·최경회(崔慶會)의 진중을 찾았다. 군사의 전문가인 두 사람에게 김성일은 자신을 가지고 설명했다.

"외적(倭敵)이 만약 대군을 이끌고 다시 진주를 침범한다면 성을 지키기 어렵도다. 급히 포루(砲樓) 8개를 만들어 적을 막는 길밖에 없도다."

다만 성문을 굳게 닫고 안에 들어박혀 있기만 한다면 천의 하나도 이길 기회는 없다. 성 밖의 요소요소에다 따로 포루를 짓되 안에 수십명의 군사를 감추어 둔다. 전면과 좌우에 많은 포안(砲眼)을 뚫어두고 어느 각도에서도 철환과 돌덩이를 발사할 수 있게 한다. 포루와 포루 사이는 1,000보(步)를 넘지 않도록 한다면 적이 어디로 성벽에 가까이 와도 곧바로 포루에서 쏘면 산산이 박살나지 않을 수 없다는 것이 김성일의 주장이었다.

두 사람의 장수는 어이없다는 듯이 귀를 기울였다. 안해도 될 군사적인 일에 참견하는 것이라 내심 언짢았지만 형식상은 상사인 김성일의 의견에 노골적으로 반대하지는 않았다. 다만, 군사들은 조련을 해야 되기 때문에 동원될 수 없고 민간인을 동원해서 하는 것이 좋다고 말했다.

김성일은 그 길로 민간인들이 노숙(露宿)하고 있는 데로 갔다. 사람들을 광장에 모아놓고 감사의 명으로 포루 만드는 일에 참가하도록 포고하였다. 어린이, 늙은이, 병든 사람만 빼고 남녀 불문하고 모두 출두해야 했다.

아무 일도 안하고 지내오던 1만여명의 사람들이 뜻하지 않게 동원되어 남강 상류의 숲에 분담되어 들어갔다. 날마다 새벽부터 황혼까지 대량의 목재를 베어 떼목을 만들어 강물에 띄웠다.

"참아라. 너희들의 목숨을 구하는 길은 이것뿐이다."

김성일은 현기증을 견디며 현장에 붙어서서 독려했다. 젊은 부녀자들의 치마가 흙투성이가 되고 하얀 무릎에 피멍이 들면서 일하는 모습은 애절함을 자아내었다. 남정네들도 대부분 농사일을 하지 않던 사람들이라 이런 일에는 서툴렀다.

"전에는 포루같은 거 없어도 도적을 훌륭히 물리칠 수 있었는데 이제 와서 이 바보같이 미련한 일 때문에 죽을 힘도 없는 몸을 부려먹다니……"

김성일이 지나가면 들으라는 듯 비방을 하는 사람들이 있었다. 하루하루 일터에 나오는 사람이 점점 줄어 갔다.

"저 사내는 미친 사람이야. 상감이 저자의 말에 속으셨기 때문에 우리가 지금 이 고초를 당하고 있음을 꿈에도 잊을 줄 아느냐."

사람들은 점점 무엄해져서 이런 말까지 하게 되었다.

어느 날 저녁 때, 김성일은 아무도 따르는 사람없이 혼자 촉성루 아래 물가에 쌓아놓은 목재를 점검하면서 황혼이 깃드는 강변을 거닐고 있었다. 갑자기 매어놓은 나룻배 뒤에서 쇠붙이 같은 것이 핑 날아왔다. 얼른 얼굴을 돌렸지만 그것은 왼쪽 볼을 스치고 뒤에 있는 풀밭에 떨어졌다. 볼에서는 피가 흘러나왔다.

"알겠느냐!"

억센 남도 말투로 외친 뒤 엷은 어둠 속으로 달아나는 두세 사람의 발자국 소리가 들렸다. 김성일을 향해 던져진 것은 잘 들도록 날이 선 낫이었다.

그 날 밤, 김성일은 꿈을 꾸었다. 자리에 누워 있는 자기의 몸 위에 거대한 쥐 한 마리가 덮치었다. 사람의 팔다리의 배나 되는 굵고 털이 숭숭한 쥐의 네 발이 내리눌러서 온몸을 옴짝달싹도 못하게 되었다. 낮에 맞아 아픈 볼에 쥐의 수염이 닿고 더러운 냄새의 입김이 훅훅 얼굴에 쏟아졌다. 자신은 이 짐승에게 피를 다 빨려 죽게 될 것이라는 생각이 들었다. 도우러 오는 사람도 없고 그 스스로 싸울 기력도 없었다.

다음 날 아침, 거울에 비친 자신의 얼굴은 엄청나게 늙어 죽기 전의 황윤길 그대로의 모습이 되었다. 아픔은 이미 사라졌는데 그는 자리에서 일어날 수가 없었다. 낮을 던진 사람을 미워하는 마음이 전연 나지 않는 것도 이상하였다. 다만, 가슴 속에 뻥하고 구멍이 하나 뚫린 듯했다. 사람들의 원한에 의해 완전히 자기가 때려눕혀졌다고 김성일은 생각했다. 김성일이 현장에 나가지 않으면 공사가 자연 중단된다는 것은 뻔한 일이다. 그러나 그것이 백성들의 일치된 뜻이라면 할 수 없이 성을 적의 손에 내주는 것도 어쩔 수 없는 운명일지도 모른다.

밤과 낮을 모르고 김성일은 잠만 잤다. 두세 번 누군가가 음식을 놓고 갔는데 한 술도 뜨지 않자 체념했는지 이제는 아무도 찾지 않았다.

며칠이 지났을까. 문득 눈을 뜨니 언제 들어왔는지 우람하게 생긴 사나이 하나가 머리맡에 서 있었다. 수염이 희끗희끗해졌지만 오래 전부터 소식이 없던 황진(黃進)이었다.

"그냥 가만히 누워 있게."

황진은 일어나려는 것을 손으로 말리었다. 황진의 말투는 여전히 공손하지 못하지만 정이 넘치는 목소리였다.

방바닥에 펄썩 궁둥이를 붙였다. 허리의 칼이 쩌렁 소리를 냈다.

"전쟁이란 건 나쁜 것만은 아니더군. 싸움이 터져 유능한 사람이 많이 죽은 덕분에 나같이 제쳐 놓은 둔재에게도 상감의 부르심이 있었다네. 옥에서 풀려서 충청도 병사(兵使)에 임명되었네."

술기운으로 불그레해진 얼굴을 열없는 듯이 손바닥으로 쓰다듬고는

"청주의 임지에서 얌전히 있었는데 여기가 위태로우니 구원해 달라는 서찰이 왔었네. 임자가 이 성 안에 와 있다는 것도 그때 알았지. 일각도 지체할 수 없어 말을 달려왔지."

처음 황진이 진주로 가려고 할 때 의병장 곽재우(郭再祐)가 이를 말리며 말하기를 "진주는 외로운 성이라 지켜지지 못하리라. 또한 공(公)은 청주의 임지를 받았으며 진주를 지키다 죽는 것은 직무를 다함이 아니도다."

이에 황진이 말하기를

"비록 그러하나 내 이미 창의사(倡義使)에게 응락했도다. 죽을지언정 식언(食言)하지 못하리로다."

곽재우는 그 뜻을 빼앗지 못할 줄 알고 마침내 술을 권하며

작별하였다.

"중앙의 허가도 얻지 않고 제 맘대로 본무(本務)를 포기한 것이니, 말하자면 탈영병과 같은 걸세. 다행히 싸움에서 이긴다 해도 이번에야말로 이 머리가 몸뚱아리에 붙어 있지 못할 것일세. 그래도 부탁하지도 않았는데 목숨을 걸고 내 뒤를 따르는 놈이 700명이나 있었다오."

묻지도 않은 말을 이렇게 지껄여 놓고 그는 껄껄 웃었다.

김성일은 친구의 손을 꼭 잡았다. 항왜(降倭)로부터 쌍칼술을 배우느라고 덕지덕지 굳은 살이 생긴 손바닥이 두텁고 따뜻하기만 했다. 얼음이 닫혔던 것과 같던 김성일의 가슴에 두 해 동안 맛보지 못했던 안도감이 물끓듯이 끓어 올랐다. 이에 고무되어 며칠 전부터의 일들을 이것저것 대충 이야기했다.

긴 침묵 끝에 황진은 입을 열었다.

"사순(士純;김성일의 자), 임자는 학자다. 지나치게 책을 많이 읽어서 도리어 백성들의 마음을 모르게 되었네. 그에 대해서는 나만큼 머리가 좋지 않아. 백성들이 무엇을 느끼고 있는지 나는 이 피부로 알 수 있네. 먼 장래에 대한 염려를 백성들에게 요구해도 본래가 무리한 거야. 1,000년 옛날부터 다만 눈앞의 고통에서 벗어나려는 것만 생각하며 살아 왔기 때문이야. 그러나 그 백성들을 나무라거나 멸시하지는 말게. 임자나 내가 할 수 있는 것은 오직 하나, 백성들의 어리석음과 딱 한 덩어리가 되어 함께 죽어주는 것일세."

 자신의 넋두리에 부끄러움을 느낀 듯 황진은 갑자기 입술을 봉해 버렸다. 그 후 두 사람은 어느 쪽으로부터도 같은 화제를 입에 올리려 하지 않았다.

 황진은 장령의 한 사람으로 할당받은 숙소에 가지 않고 김성일과 한 방에서 기거하였다. 마치 20년 전, 도산서당의 방운정사(隴雲精舍)에서 함께 토계(兎溪)의 물을 긷고 청량산에서 땔나무를 줍던 옛날로 되돌아간 듯한 십수일간이었다. 황진은 익숙지 않은 솜씨로 약을 달이고 숟가락으로 죽을 떠 친구의 입에 떠넣으려 했지만 상대가 고개를 저어 거부의 뜻을 보였기 때문에 그 이상 무리하게 권하지는 않았다. 체력이 날로 떨어져가 죽음을 향해 걸어가고 있음이 분명한 김성일을 곁에 두고 지켜보는 것이 자신의 의무라고 황진은 믿었다.

 무신들의 합의로 황진은 순성장(巡城將)이란 무거운 직분을 맡게 되었다. 날마다 많은 시간을 들여 성문과 성곽의 구석구석을 돌아보고 만일 허술한 데가 있으면 재빨리 보강하도록 했다. 따라서 어쩔 수 없이 방에 돌아오지 못할 때가 여러 차례 있었다. 그래도 김성일이 바닥없는 수렁같은 혼수상태에서 깨어나 보면 그 때마다 이상하게도 황진은 머리맡에서 술냄새 나는 털보 얼굴에 근심을 가득 담고 지켜보고 있는 것이었다.

 6월 19일 새벽, 조선군의 그것과는 다른 북·나각과 때까치가 짖어대는 듯한 오랑캐들의 함성을, 황진은 현실로 듣고 김성일은 꿈 속에서 들었다. 나란히 펴놓은 이부자리 속에서 황진은 김성일의 손을 꼭 잡았다. 병자의 말없는 입술에는 잔잔한 웃음이 감돌았다.

재빨리 갑옷으로 갈아 입은 황진이 다시 한번 내려다보았을 때 김성일의 숨은 이미 멈추어 있었다.

황진이 김성일의 시신을 성벽 뒤의 삼밭에 묻은 것과 동시에 양군의 화살이 날았다.

진주성은 남쪽에 남강이 흐르고, 서쪽과 북쪽에는 호(壕)가 둘러 있었기 때문에 이들 세 방면은 우선 안전하다고 생각하여 방비의 주력을 동쪽으로 집중하였다. 그런데 그 기대는 어이없게도 빗나가고 말았다. 싸움에 익숙한 왜병들은 반나절이나 걸려서 땅 속에 굴을 파서 호의 물을 바깥 늪으로 빼버렸다.

도적들은 대나무를 묶어 한밤에 호의 문턱에다 세웠다. 시석(矢石)이 능히 뚫고 들어오지 못했으므로 대나무 울타리 뒤에서 돌자갈을 호 속에 던져 성 밑까지 이르게 되었고 순식간에 호가 메워졌다.

성 안에서 편전(짧고 작은 화살)을 소낙비처럼 퍼부었지만 생대나무 울타리에 걸려서 그 뒤에 숨어 있는 왜병들을 쏠 수가 없었다. 밤이 샐 때까지 호는 흔적도 없이 메워졌다.

왜병들은 진입로는 열었지만 성벽 가까이까지 접근하는 것은 쉽지 않았다. 성 안에서 편전(片箭) 대신 불화살을 쏘는 것과 함께 불에 달군 모래와 끓는 물을 성벽 위에서 내려부었다. 왜병들은 조금씩 전진을 했으나 거의 모두가 투구 위에다 솥·가마, 향교에서 제기로 쓰는 양품 등을 가져와 덮어쓰고 있었다.
열기를 조금 피해 보자는 것이었지만 예상은 빗나갔다. 왜병들
은 쓰고 있던 것을 벗어 던지고 후퇴했다. 마치 들놀이라도 한
곳처럼 철물 그릇들이 너저분하게 흩어져 있었다. 양쪽 진영에
서 그것을 보고 와아, 하고 웃음소리가 터졌다. 죽고 죽이는
마당에서 마음놓고 웃는 일순간이었다.

7일째 아침, 동문을 지키던 군사들은 자기 눈을 의심했다.
문에서 30보도 떨어져 있지 않는 곳에 대여섯 군데에 흙을 쌓
아 성벽의 꼭대기보다 높은 작은 산이 밤 사이에 생겼던 것이
다.

도적들은 비루(飛樓) 여덟 자리를 동문 밖에 세워 성 안을
굽어보며 많은 철환을 쏘았다. 그 작은 산꼭대기에는 생대나무
를 묶어 둘러세웠으며 이로 인해 현자총통(玄字銃筒)을 쏘아
다행히 맞는다 해도 관통할 뿐 왜병 장수를 넘어뜨릴 수 없었
다.

비루(飛樓)의 앞면에는 진주성 근처에 있는 대숲에서 잘라온
대나무로 엮은 발을 드리워 놓고 그 속에서 수백정의 조총의
부리를 내놓고 쏘아댔다. 믿었던 성벽은 이제 아무 소용도 없
게 되었다. 300여명이 죽고 다쳤으며 남은 군졸들도 머리를 들
수 없게 되었다. 군량창고와 무기고 등 중요한 건물이 차례로
불에 맞아 불길에 싸였다.

어찌할 바를 모르고 있는 사람들 앞에 황진이 소리쳤다.

"자, 우리도 화급히 여덟 개의 포루(砲樓)를 세우자꾸나."
하는 그의 손에는 김성일이 그린 설계도가 쥐어져 있었다.

충청병사 황진, 성 안에서도 역시 높은 언덕을 쌓아올리자고
주창하여 초저녁부터 밤에 이르렀다. 황진은 갓과 옷을 벗어
던지고 손수 돌을 지고 날랐다. 성중의 남녀들이 감격하여 울
며 힘을 다해 축조를 도와 하룻밤에 다 지었다.

일찍부터 김성일에 의해 운반해 와서 야적해 놓았던 목재가
그대로 이용되었다. 성문을 사이에 두고 왜측의 누대(樓臺)와
맞서는 장소를 골라 높이는 왜측의 것보다 다소 높게 했다. 허
리도 펴지 못하는 병자를 빼놓고는 피난민들 전체가 앞을 다투
어 작업에 가담하여 각기 그 힘에 맞추어 흙을 파 나르고 목재
를 운반하였다. 누가 명령한 것이 아니고 자발적인 행위였다.

동이 틀 무렵 포루가 완성되었다. 황진은 포수를 지휘하여
무게 50근의 현자총통 3문을 포루의 꼭대기로 끌어 올리게 했
다. 길이 6척 3촌 7푼의 납철의 대철전이 맑은 대기를 진동시키
며 발사되었다. 적의 누대 중간쯤에 맞아 흙먼지가 하늘로 치
솟자 조총을 쥐고 있는 왜병들이 와르르 떨어지는 것이 보였
다. 그리고 곧 불기둥이 되어 순식간에 타 무너졌다.

연기가 걷히고 나니 적의 비루(飛樓)는 여덟 개 모두 꺼멓게
타서 기울어지거나 넘어져 있는 것이 보였다. 황진은 열 때문
에 엿가락처럼 휘어진 포신을 손바닥으로 탁탁 치면서 먼 하늘
을 쳐다보며

"사순(士純;김성일의 자), 보았지. 임자가 이 성을 구하였
네."

라고 소리치는 것을 주위의 몇 사람인가가 들었다.

동문 공격을 담당한 왜의 진중에는 대마도 태수 요시토시(義
智)가 그 장인 고니시 유키나가(小西行長)를 따라와 있었다.
포로의 자백에 의해 성 안에 김성일, 황진이 있음을 알고 사귀
었던 얼굴과 마주칠 것을 꺼려 일체 전면에 나타나지 않았다는
것이다.

6월 28일, 왜병은 또다시 들어본 적도 없는 기묘한 성벽 공격
용 장비를 만들어 가지고 나왔다.

도적들은 큰 송판으로 궤짝을 만들었는데 그 모양은 널과 같
으며, 겉은 소의 생가죽을 몇 겹으로 싸 네 바퀴 수레에 실었
다. 도적 십수명이 각기 철갑에 구멍을 뚫고 그 안에 들어가
똑바로 수레를 밀며 성 밑에 이르러 철물로써 성벽을 부수고자
했다.

소의 생가죽은 털이 안쪽으로 들어가게 뒤집어 씌워 놓았기
때문에 불화살로 쏘아도 타지 않고 철통의 탄환도 관통하기 어
려웠다. 구로다(黑田) 가이(申斐) 태수와 가토(加藤) 주계두(主
計頭;벼슬 이름)가 담합하여 손자병법책에 있는 분온차(흉노족
들이 사용했던 전차)에서 생각해 내어 처음 만든 것이었다. 가
운데가 불룩하고 거북의 등처럼 보이기 때문에 그들은 귀갑차
(龜甲車)라 불렀다.

두 왜장의 막하에서 2, 30명씩 선발된 병사가 궤짝 속에 들어
가 손으로 수레의 바퀴를 돌리거나 철봉으로 수레를 밀면서 성
벽을 향해 천천히 진격하기 시작했다. 수레의 꽁무니에는 긴
밧줄이 매어져 있어 여의치 않을 때는 뒤에서 잡아당겨 수레를
후퇴시킬 수 있도록 만들어져 있었다.

황진은 성 안에 있는 사람들에게 짚단이나 풀·가시 등을 있
는 대로 모아오게 하여 던지게 했다. 기름이 부어지고 관솔불
이 던져지자 그 대단한 귀갑차도 불에 휩싸이게 되었다. 후퇴
시킬 겨를도 없었다. 뜨거운 열을 견디지 못해 스스로 쇠가죽
을 째고 나와 달아나려 하는 왜병의 등에 화살이 날벌레 우는
소리를 내며 날아가 꽂혔다.

반 시각 후, 황진은 성벽 꼭대기에 사천왕처럼 우뚝 섰다. 이
날 적의 사상자가 가장 많아 1,000여명의 시신이 가득 쌓였다.
황진은 오른 주먹을 높이 쳐들어 저 멀리에 있는 보이지 않는
존재를 향해 소리쳤다.

"사순(士純)이여! 우리는 오늘도 이겼도다."

이때 쌓여있는 적의 시체 속에서 무언가 움직이는 것이 있었
다. 굉음이 울리며 황진은 왼쪽 이마에 격렬한 충격을 느꼈다.
죽은 자처럼 꾸며 숨어있던 왜의 총잡이가 탄환을 쏘았는데 황
진은 그 저격병을 알 겨를도 없이 그 자리에서 풀썩 넘어졌다.
즉사였다. 곁에 있던 사람들이 달려가 보니 파랗게 식어가는
그의 입술에는 아직도 어린애 같은 웃음이 담겨있고 아련히 술

냄새가 풍기었다.

이튿날, 왜병들은 적은 실패에도 불구하고 귀갑차를 세 대 더 증차하여 함성을 지르며 밀어닥치었다. 황진을 잃은 성 안에는 그를 대신해서 진두에 서려는 기백있는 사람이 없고 쓸쓸한 기운만 감돌았다. 건물이란 건물은 모조리 기와가 벗겨지고 짚이나 섶도 다 써버리고 던질 만한 것이라고는 없었다.

성벽을 받치는 세 개의 돌을 도적들이 이미 담구멍으로 뽑아내어 성은 바야흐로 무너지려 하고 있었다. 성 안에서는 어찌할 바를 모르고 우왕좌왕하는 중에 한 왜병이 쇠몽둥이를 가지고 외치면서 돌진해 와서 성벽구멍 위의 큰 돌을 뽑아내니 성이 마침내 함락되었다.

망루의 성벽 밑에 작은 틈이 있는 것을 발견한 후 귀갑차에서 뛰어나와 쇠지렛대로 큰 돌을 뽑아낸 것은 가토(加藤) 진영의 졸병 3명이었다. 큰 돌을 쌓아올려 만든 망루는 그대로 무너졌다. 성벽에 생긴 구멍으로 왜병은 끊임없이 밀려들어왔다.

왜병은 남아있는 남녀 6만명을 모조리 도륙하고 마소나 닭·개들도 남겨두지 않았다. 다시 수일 동안 호를 메우고 성 근처의 민가를 불태웠다. 모두가 히데요시(秀吉)의 엄명을 실행에 옮겼던 것이다.

황진(黃進)의 수급(머리)은 목사(牧使) 서예원(徐禮元), 최경회(崔慶會)의 그것과 함께 소금으로 담가져 나고야성으로 보내져 히데요시가 손수 확인하였다. 그 후, 왜도(倭都;교토)로 가

져가 거리에 매달았다(효수). 삼밭에 숨겨진 김성일(金誠一)의
시신은 발각을 면해 반년 뒤인 12월, 맏아들 집(潗)의 손에 의
해 안동으로 환구되고 부모가 묻힌 선산에 안장할 수 있었다.

虎砲記
호 포 기

一

　몸뚱이가 허공에 떠올랐을 때, 우마노쓰케(馬之介 ; 말상을 한 사나이)는 아직 꿈 속에 있었다.

　나고야(名護屋)에서 부산포까지의 뱃길에서 형편없이 멀미를 앓았던 것이 겨우 5일 전이다. 그래서 완전히 그 때의 느낌으로 되돌아가, 어이구 또 당하는구나 푸념하려 했다. 그런데 아무래도 낌새가 다르다. 판옥선(板屋船) 뱃머리의 돛대를 뛰어넘는 물보라에 간을 태우면서 금장도 호신품(護身品)을 받들어 쥐고 견딘 뱃멀미는 이런 것이 아니었다.

　진(陣)의 막사가 칠흑 같은 어둠 속에 묻혀있는 것이 탈이었다. 성(城)은 손아귀에 넣었지만 근처에는 잔적(殘敵)이 우글거

렸다. 조선병이 잘 쏘는 불화살이 두려워서 모닥불·관솔불 등
은 엄하게 금한다는 군령이 내려져 있었다. 같은 졸병 친구들
과 몸을 맞대어 잠자고 있었는데 소리도 지를 겨를이 없는 순
간적인 일이었다. 혹 사람 살리라고 외쳤다 해도 주간의 피로
때문에 죽은 듯 곤히 자고 있는 사람들의 귀에 들릴 리도 없었
을 것이다.

아소산(阿蘇山) 기슭에서 자란 몸이라 바다는 고역이지만 풀
밭에서의 노숙은 길이 들어 있었다. 틈 사이로 스며드는 외풍
이 싫다고 모두들 안쪽으로 파고드는데 잘난 체하고 스스로 가
쪽에 누워 잔 것도 재난을 초래한 원인의 하나였을지도 모른
다.

언제 그렇게 되었는지 막(幕)에는 예리한 칼로 끊은 듯이 찢
어진 데가 있었다. 붕 하고 떠오른 우마노쓰케의 몸뚱이는 마
치 하나의 나무토막처럼 구멍을 빠져나왔다. 그 때 갑옷자락이
끌리는 소리라도 났을 터인데 감쪽같이 빠져나온 것은 무서울
만큼의 재빠름이라고 해야 할 것이다.

밖으로 나온 것을 안 것은 살갗에 스미는 싸늘한 밤기운 때
문이었다. 달은 없었지만 구름 사이에 별들이 빛나고 있었다.
겨우겨우 무서운 눈시울을 뜨자 나무숲과 대나무 밭이 희미하
게나마 보였다. 자신의 숨소리 외에 들리는 것이라고는 없는
것같은 조용함이었다.

그렇게 생각된 것도 잠시뿐, 한 줄기 회오리바람이 일어 잔

가지와 잎들이 일제히 나부끼었다. 자갈이 튀고 먼지가 일며 산 전체가 윙윙 우는 것을 보니 지진이라도 일어난 게 아닐까?

이때쯤 되어 정신도 약간 뚜렷해져 왔다——사실은 우마노쓰케 자신이 화살같이 공중에 떠서 이동되어 감으로써 주위에 바람을 일으키고 있는 것이다.

떨리는 손으로 조심조심 더듬어 본다. 허리춤이 야물고 날카로운 것에 꽉 물려 그것에 자신이 매달려져 있음을 알았다. 어떻게 흔들어 빠져나오려고 했으나 헛 일이었다. 여태 한 번도 맞붙어 본 적이 없는 무서운 힘이 거기에 있다고 느껴졌다.

"저승의 마귀에라도 물려가는 게 아닐까?"

어지러움을 참으며 한 마디 중얼거렸다. 어디까지나 남의 일 같았고 현실이라고 생각하기 어려웠다. 몇 개 늘어선 자기 편 막사들이 언뜻 시야에 들어왔다가는 이내 뒤로 사라져 버렸다. 흔들리는 지면은 차차 가파러져서 뒤꿈치를 들고 올라가야 될 정도의 경사가 되었다. 확실한 위치는 모르지만 산자락 꼬리에 있는 서생포(西生浦) 마을과는 반대 쪽 산봉우리를 향하고 있는 듯했다.

풀무질 소리와 똑같은 소리가 계속 귓전에 울리며 뜨겁고 비릿한 입김이 느껴졌다. 갑옷자락을 적시고 속옷까지 축축해지며 끈적끈적한 액체가 살갗에 느껴졌다. 고향 아소(阿蘇)의 목장에서 여름날 놓아 먹이는 소의 입에서 나오는 군침이 생각되

었는데 양은 그보다 훨씬 많았다. 볼에는 싸리비 끝 같은 것이
있는데 그것이 사람의 것은 절대 아니고 산짐승의 수염이라는
것을 알아차린 후 정신을 잃었다.

얼마 후 의식을 회복한 우마노쓰케는 자신의 비참한 운명을
한탄했다. 날이 어느덧 밝았다. 해변이 가까운 탓으로 수평선
에 솟아오른 태양은 곧 신선한 빛을 쏘아서 주변의 사물을 하
나하나 숨김없이 드러냈다.

소굴, 머리 속에 떠오른 말인데, 일본에서 여러가지로 상상
했던 동굴과는 아주 달랐다. 산짐승도 역시 물이 필요한 듯했
다. 그 곳은 이 고장 사람들이 약수라고 일컫는 광천이 솟는
작은 골짜기였다. 볼품없이 솟아있는 암벽 꼭대기에서 하나 아
래 바위턱이었다. 칡덩쿨이 엉켜 있고 노송 두세 그루가 서 있
었다. 푸른 하늘에는 구름 한 점 없는 상쾌한 여름 아침, 하필
이면 이런 곳에서 호랑이 밥이 되다니, 내 고향의 수호신인 아
소의 대명신(大明神)이며 신불(神佛)은 나의 죽음을 보고만 있
을 것인가…….

호랑이는 고양이와 동족이란 것을 언젠가 들었는데 정말 그
대로였다. 얼굴의 윤곽과 생김새는 쏙 빼다박은 것같다. 햇볕
을 받자 멍청하게 조는 모습까지도 고양이와 하나도 다를 것
없다고 봐도 좋다. 거기에다 졸음이 서린 눈을 반만 뜨고 있는
꼴이 뜻밖에도 온화하다. 다만 눈이나 코와 모든 골격이 고양
이의 수십 배 아니 백 배는 될 것이다. 보기 징그러운 그 놈의

얼굴을 소나무 큰 가지 같은 그 앞발에 몸이 눌린 채 쳐다봐야 하다니…….

자신의 허리를 더듬었지만 아무것도 없었다. 단도를 풀어놓고 잠자는 해이해진 자신의 버릇이 원망스러웠다. 우마노쓰케는 이름 그대로 얼굴뿐만 아니라 다리도 말에 뒤지지 않을 만큼 길고 달리기만은 자신이 있었다. 하지만 이렇게 호랑이 아가리 밑에 누웠으니 달아날 틈도 찾기 어렵다. 일본을 떠나올 때, 이미 살아 돌아가리란 것은 단념했지만 호랑이 밥이 되어 이승을 하직한다는 것은 너무도 억울했다.

돌연 6척에 가까운 우마노쓰케의 몸뚱이가 공처럼 뒹굴려졌다. 하늘과 땅이 뒤바뀌었다. 검푸른 얼룩코가 가까워졌다고 생각될 때 금방 안보였다가 또 나타나며 이것이 번갈아 되풀이되었다. 고양이를 닮은 것은 아무래도 생김새뿐만이 아닌 듯하다. 제 손아귀에 든 먹이를 금방 잡아먹지 않고 어르고 놀리며 즐긴다는 것을 알았다.

호랑이가 사람을 덮칠 때는 목덜미나 급소를 물어 단숨에 해치운다고 한다. 이렇게 느릿느릿 가지고 노는 것은 배가 고프지 않기 때문일 것이다. 아니면 아직도 새끼때가 덜 가신 어린 놈으로서 이렇게 장난을 치면서 뱃속을 충분히 비우기 위한 짓일지도 모른다.

괴물의 이 장난이 언제까지나 계속되기를 빌지 않을 수 없다. 뒤통수에 아픔을 느끼며 뜨끈한 액체가 머리 위로 흘러내리는 것을 알았다.

기대는 어이없이 무너졌다. 호랑이의 장난은 예고없이 그쳤
다. 우마노쓰케의 몸뚱이는 곤두박질을 쳐서 잔대나무밭에 던
져졌다.

살가죽을 찢을 날카로운 발톱이 다가오는 것을 느끼며 눈을
감으려는데 뜻하지 않은 일이 생겼다. 호랑이는 획 돌아섰다.
황금빛의 긴 몸통을 일렁거리며 맹렬하게 달렸다. 무거운 몸뚱
이가 고양이같이 유연하고 가뿐해 보였다.

골짜기 저쪽 언덕에 그림자 하나가 보였다. 토끼도 아니고
까투리도 아닌 분명히 사람이었다. 키는 5척이 될까말까 한 사
나이였다. 갑옷도 안 입고 특별한 방어자세도 갖추지 않은 채
명청하게 서 있었다. 흙을 차며 달려오는 무서운 것에 기가 질
려서 얼어붙었다고나 할까.

십여 발자국쯤 가까워졌을 때, 호랑이는 도약을 하기 위해
앞발을 들었다. 얼룩무늬의 털이 아침 햇살에 반짝이며 사나이
의 여윈 몸을 반 이상 가리웠다. 우마노쓰케는 자신의 위험도
잊고 그 너무도 무방비한 자세를 비웃고 싶어졌다.

산줄기가 온통 흔들리는 듯한 포효(咆哮)가 울려퍼진다. 호
랑이의 입이 귀까지 찢어지며 굵고 날카로운 이빨 사이에서 날
름거리는 새빨간 혀가 확실히 보였다.

엄청나게 벌어진 호랑이 아가리의 목구멍 속으로 사나이의
한쪽 팔이 삼켜 들어간 것 같았다——그렇게 생각된 것은 착

각이고 사실은 스스로 아가리 속에 오른 팔을 깊숙이 찔러넣었던 것이다. 그 다음에 이어지는 사태, 몸의 일부가 물어뜯기고 도리깨타작이 되는 것을 예상하고, 우마노쓰케는 소리를 지르려 했다.

팔은 굉음과 함께 불을 토하고 호랑이는 높이 뛰어오른 다음 허리를 둘로 접은 듯이 하여 엎어졌다.

얼이 빠져서 꼼짝달싹 못하고 있는 우마노쓰케 곁으로 그 작은 사나이가 다가왔다. 부리에선 아직도 남은 연기가 솔솔 나오고 있는 조총을 들고 있었다.

"말아(우마노쓰케), 아무일 없느냐?"

별다른 감정도 엿보이지 않는 음성이었다. 이제 22세의 젊은 사또 오카모도(岡本) 에치고(越後)후(侯) 사야카(冴香)가 거기서 있었다.

사야카(冴香)는 우마노쓰케의 눈으로 봐도 어디 하나 볼 만한 데 없는 상전이다. 자기보다 단지 두 살 위인데 훨씬 노숙해 보인다. 아니, 버릇없이 말한다면 꾀죄죄한 인상을 준다고나 할까.

이번 외국 장정(長征)의 길에서 선봉의 한 부장으로 300명의 군사가 맡겨질 정도라면 물론 어리석은 속물이라고 단정할 수는 없다. 그러나 평소의 동작은 참으로 느릿느릿하다. 그런 사람이 어떻게 발탁되었을까? 모두가 큰 사또라 부르고 있는 가

토(加藤) 주계두(主計頭) 기요마사(淸正) 나으리께서 직접 추천
했다는 소문이다. 도대체 어느 점을 보고 그런 처사를 했는지
의아하게 여기는 소리가 적지 않았다.

　몸집이 작은 것뿐만이 아니다. 추남이라고까지는 할 수 없지
만 용모도 어딘지 모르게 빈상(貧相)이다. 오종종한 얼굴에 실
같이 가는 눈에는 언제나 음산한 빛이 어리어 있었다. 다른 사
또들과 어울려 무예솜씨를 뽐낸다거나 무용담을 꽃피울 멋도
없다. 더구나 극단적으로 몸이 왜소하니 칼을 좋아할 리가 없
다. 그러니 늘 외톨이가 되기 쉬운 것도 어쩔 수 없는 형편이
리라.

　특징은 오직 한 가지, 비길 데 없이 책을 좋아한다는 점이
다. 고향 히고(肥後)에 있을 때부터 돈을 아끼지 않고 책을 사
모았다. 그러나──이것이 가장 별난 점이기는 하지만──조
금 진품이 손에 들어오면 귀중한 듯 책꺼풀이나 책을 맨 끈을
쓰다듬으며 마침내는 책장을 한 장 한 장 넘기며 코를 갖다대
고 냄새를 맡을 정도였다. 큰 사또의 중매로 최근 잇따라 맞이
해 온 두 사람의 부인보다 더 사랑하는 게 아니냐고 그 부하들
이 몰래 입방아를 찧곤 했다.

　이 버릇은 부산포에 내린 후에도 한결같이 고쳐질 낌새를 보
이지 않았다. 동래부는 일본군이 최초로 부딪친 완강한 적의
거점이었다. 성벽을 타고 넘어가는 데에는 반 시간으로 족했는데
성 안에 들어간 후에는 뜻밖의 어려움을 겪었다. 정규군은 사

기가 없는 반면, 왜 그런지 변변한 무기조차 갖지 않은 하인배들이나 부녀자들이 집요하게 저항하였다. 양반집 부인같이 보이는 많은 여자들이 지붕 위에 올라서서 기와를 벗겨들고 일제히 던지는 것이었다. 일본군의 이름있는 사무라이 가운데에도 머리가 깨어진 자가 적지 않았다. 더 어쩔 수 없음을 깨달은 그녀들은 불을 지르고 자결했기 때문에 성 안은 마침내 큰 혼란을 빚었다.

사야카는 화염에 싸이기 시작한 건물 속을 누비고 돌아다녔다. 피투성이가 된 적과 우군들이 신음하고 있었지만 본 척도 하지 않았다. 건물 안쪽에 책방 같은 곳을 찾으면, 그렇지 않아도 작은 그 몸을 새우처럼 꼬부려 마루바닥에 흩어져 있는 책들을 주어 안았다. 그러고는 연기에 콜록거리며 불꽃에 비추어 읽으려 할 정도였다.

부대의 지휘자인 젊은 사또가 이 모양이니, 우마노쓰케 등 병졸들은 초진(初陣)다운 멋진 활동이 될 리 없었다. 병졸들은 어쩔 수 없이 명령에 따라 성 안 구석구석을 뒤져서 저마다 한 아름씩 책을 안고 돌아왔다.

"이 나라에는 대명(大明)에도, 우리 일본에도 없는 활자에 의한 인쇄술이 있다는 것을 풍문에 듣고 있었다. 오늘 시험 삼아 찾아보았더니 과연 처음 보는 진기한 간행본이 발견되었다. 사기(도자기)인지 납(鉛)인지 당장에 분간하기는 어려우나 비할 데 없이 아름답구나. 어떠냐, 너희도 그렇게 생각하지 않느냐?"

저녁식사 후의 휴식시간에 가까이에서 모시고 있는 호위병들에게 한숨섞인 말로 물었다. 그들은 새 사또의 물음에 얼굴을 숙인 채 대답이 없었다. 마침 당번병으로 근무하러 온 우마노쓰케가 저녁상을 물리러 갔을 때라 사또는 그에게 눈을 돌려 대답을 구했다. 그는 부지중 고개를 끄덕이어 상전의 뜻에 동의하였다.

사야카의 어두운 눈에 비로소 환한 웃음이 번지었다.

"듣는 바에 의하면, 이 나라에서는 책을 박는데 있어 한 글자라도 오자가 있으면 매질을 당하며, 세 글자 이상 틀리면 목이 잘릴 수도 있다는구나. 책을 간행하는 데에 있어 왕을 비롯하여 관민 모두가 좀 지나칠 정도의 열성을 쏟고 있다. 종가인 대명국(大明國)도 크게 알아줄 만큼 인쇄가 정교한 것은 이 때문일 것이다. 언젠가는 나도 바다를 건너 꼭 한 번 손에 넣고 싶어 했었다. 이런 형편 속에서라도 그 소원을 이루었으니 이렇게 기쁠 수가 없다."

새 사또는 우마노쓰케의 어떤 점을 보고 그랬는지는 모르나 그 날부터 자기 곁에 두게 되었다. 다른 병졸들이 제 이름도 옳게 적지 못하는데 비하여 우마노쓰케만은 읽고 쓰는 정도는 할 수 있었다. 그가 아소산(활화산)의 수호신을 모신 화궁(火宮) 소유의 목장에서 오래도록 일한 덕분이었다. 우마노쓰케는 거두어들인 헌 책들의 먼지를 털고 찢어진 곳은 풀칠을 해서 한

권씩 종이로 다시 싸서는 궤짝 속에 간직하였다. 「文選(문선)」
또는 「父母恩重經(부모은중경)」이란 제목의 책도 눈에 띄었
으나 내용은 캄캄하여 흥미가 없었다. 다만 조선책은 모두 글
자가 굉장히 커서 일본책과 비교하면 4~5배쯤 되어 눈이 어두
워진 노인들도 읽기 쉬울 것이라고 생각되었다.

　다른 진영(陣營)의 무리들이 부러워 못견딜 형편이었다. 병
졸이란 어느 부대에 속해도 이런저런 별 수 없는 일에 쫓기는
것이 숙명같은 것이지만, 그래도 조금은 보람된 일에 동원된
모양이다. 버려진 조선병의 시체에서 귀나 코를 잘라내어 소금
과 함께 통에 넣는다. 국내의 전투라면 머리를 자르는 것이지
만 무게를 줄이기 위함이라 한다. 이것들은 모두 배편으로 오
사카(大阪)에 보내져서 태합전하(太閤殿下;히데요시)가 친히
보게 된다. 진중록(陣中錄)에 상세히 기록되어 마침내 빛나는
개선의 날이 오면 포상을 받을 수 있는 증거도 된다. 이런 일
은 조금 불쾌하기는 하나 작업에 종사하는 자들이 기가 나는
것도 당연하다.

　메시다(飯田), 모리모토(森本) 부대의 공로가 특히 두드러졌
기 때문에 그 부대의 막사에서는 승전을 축하하는 술잔치가 밤
늦도록 계속되었다. 바람결에 실려오는 북·피리와 노랫가락
소리를 듣기만 해야 하는 이쪽 막사는 기가 푹 죽어 있었다.
무기로나 병졸수로 보나 다른 부대에 뒤떨어지지 않는데 변변
한 수급(首級) 하나 얻지 못했던 것이다.

그뿐이 아니다. 그 아비규환의 난장판에서 오로지 책만 탐내고 있는 처사는 매우 괴상한 짓이라고 여겨졌다. 그 중에서도 우군(友軍)의 부상자를 돌보려 하지 않았다는 것이 비난의 대상이 되었다. 메시다(飯田)나 모리모토(森本) 부대의 젊은 사무라이 가운데에는 오카모토(岡本;사야카)의 부대로 달려가 변명을 들어보고 대답 여하에 따라서는 때려치자고 핏대를 올리는 사람이 나올 정도였다. 예민한 큰 사또(기요마사)가 이 불온한 공기를 감지하고 순순히 타일렀기 때문에 동지끼리의 충돌은 면하였다.

이번뿐 아니라 오카모토(岡本) 부대의 무리들은 기요마사(淸正)가 직접 길러놓은 하다모토(旗本;핵심본부)의 병사들과는 무엇인가 소원한 데가 있었다. 예민한 기요마사는 이 점을 눈치채고 있었기 때문에 특히 사야카를 감싸려 했다.

4년 전, 태합(太閤;히데요시)의 명에 의해 히고(肥後;구마모토 지방)의 북쪽 반을 나눈 25만석의 녹봉의 영지를 몽땅 가토가(加藤家;기요마사 집)에 하사하였다. 그러나 지방에 뿌리내리고 살아온 토박이 관원들은 좀체로 가토 기요마사(加藤淸正)의 지배를 용납하지 않고 마침내 반란을 일으켰다. 히고지방 사람들이 예로부터 숭모하는 것은 아소산(阿蘇山)이었기 때문에 그 수호신을 모신 화궁(火宮)의 주지(神官)는 자연 반란세력의 주모자가 되고 말았다(주지는 지방장관을 겸했음). 반란은 곧 진압되었고 화궁의 주지 오카모토 고래다내(岡本惟種)에게는 스스로 배를 갈라 죽는 할복(割腹)의 처분이 내려졌다. 기요마사(淸正)가 구마모토성(隈本城 ; 히고지방 영주의 성)에 입성함과 동시에 토박이 관원들 전원은 아무 일도 없었다는 듯 가신(家臣)으로 안아들여졌다. 파괴된 화궁(火宮)의 건물은 다시 고쳐 지었다. 처벌은 오카모토 고래다내(岡本惟種) 하나로 그치고 처자는 불문에 붙였다. 그의 맏아들 오카모토 사야카(岡本冴香)에게는 8,000석이라는 파격적인 녹봉을 주어 충성을 다하라는 하교가 있었다.

그 후, 새 사또 사야카는 그 애비의 일을 일체 입에 담지 않았다. 20세가 되자 기다렸다는 듯, 두 사람의 미녀가 사야카에게 시집오게 되었다. 하나는 아소성대(阿蘇城代, 성주 부재시 성주의 직무를 대행하는 사람) 가토 우마조(加藤右馬丞)의 딸로 이름은 '다아'인데 이제 열다섯 살이며, 또 한 사람은 그녀보다 한 살 적은 '야도리'라는 이름인데 사무라이 대장(한 부대의 지휘관)인 쇼바야시(庄林隼人正)의 질녀이다. 모두가 당당한 명문가의 피를 이은 여인이다. 큰 사또 기요마사의 성원으로 비록 난세라고는 하나 귀한 이중의 혼례를 베풀었으나 당사자인 신랑의 깡마른 얼굴에는 별다른 기쁨이 나타나지 않았다. 물론 주군(主君)의 말씀에 거슬릴 생각은 없고, 어린 처를 각각 가엾게 여기는 눈치도 엿보였다.

책에 몰두하는 정도가 더욱 심해진 것도 이 무렵부터였다. 날마다 종일 서재에 틀어박혀 당서(唐書)를 읽고 때로 깊은 한

숨을 내쉬었다. 그러한 때에는 다른 사람을 가까이 오지 못하게 하고 식사까지 하지 않을 때가 가끔 있었다. 전국(戰國)의 유풍(遺風)을 지녀 거친 무예만을 숭상하는 가토(加藤) 문중의 사무라이로서는 보기 드문 일이었다. 좁은 구마모토(限本)성에서 소문은 빨리 퍼졌다. 날을 받아서 시라강 강변에서 행한 무술시합에도 사야카는 나가지 않았기 때문에 비겁자라는 평판이 높아졌다. 대대로 녹을 먹어 온 사야카의 부하들 가운데서는 보다 못해 창검술 연마하는 시간을 갖게 해 달라고 건의했지만 사야카는 들은 체도 안했다.

아소산 골짜기 마부의 자식으로 태어나 갑자기 무리하게 징발되어 병졸이 된 우마노쓰케로서는 그런 건 아무래도 좋지만, 그래도 세상 사람들측에 서서 비방 멸시하고 싶은 마음이 더 강했다. 우마노쓰케 자신은 검술 따위는 알지 못하지만 산에서 일을 한 덕분에 뚝심은 대단했다. 특히 뜀박질은 누구에게도 지지 않는다. 그러니 자기와 비교하면 젖가슴쯤밖에 안오는 작은 키의 상관에 대해 전부터 멸시에 가까운 마음을 가지고 있어도 탓할 수 없었을 것이다.

사카이(堺 ; 오사카 서부의 도시)에서 부쳐온 책 짐 속에 이나토미(稻富) 유파(流派)의 포술(砲術)에 관한 책이 섞여있음을 사야카의 부하 몇몇은 알고 있었다. 그렇다 해도 새 사또가 실제 조총연습을 하고 있는 것을 아무도 보지 못했다. 그가 무술을 싫어한다는 것은 널리 알려져 있었고, 가령 명장(名匠) 구니토모(國友) 철공이 만든 일품 두세 정을 비장하고 있다고 해도 결국 방바닥에서 헤엄치기와 같은 것으로 실전에서 공을 세우리라고는 생각하지 않았다.

그 날 아침, 우마노쓰케를 구출했을 때도 자신의 조총 솜씨를 뽐내는 기색은 전연 없었다. 평소 결코 드러내지 않았던 일면을 어떨결에 부하 앞에 폭로한 것을 후회하는 듯, 오히려 무안한 듯한 표정으로

"너, 오늘의 일을 남에게 말하면 안돼……. 네가 물려갈 때부터 줄곧 뒤를 따라왔었다. 그런데 늦지 않아서 다행이었다."
라고 한 마디 했다.

죽은 호랑이를 어떻게 처리할까에 대한 물음에 대해서도, 우마노쓰케가 책임지고 부대본부에 갖다주라는 지시였다. 만일 어떻게 잡았느냐고 집요하게 묻거든 우마노쓰케 자신의 공로로 꾸며 말하고 절대로 자기 상관의 이름은 대지 말라고 일방적으로 말하고는 대답도 듣지 않고 어름어름 산을 내려가고 말았던 것이다.

우마노쓰케도 얼마 동안 얼빠진 상태로 있다가 겨우 정신이 돌아오자 산을 내려왔다. 그제서야 뒤통수에 둔탁한 아픔이 느껴졌다. 만져보니 찐득하게 피가 엉겨있었다. 갑자기 무섭다는 생각이 되살아나 마구 달렸다.

우마노쓰케는 자기의 막사 앞을 지나서 부대본부에 도착, 부대 상사에게 신고하고 숨 돌릴 새도 없이 약수터 작은 골짜기

로 되돌아오게 되었다. 이번에는 10명 남짓한 병졸이 동행해왔기 때문에 무서움에 떨리는 일은 없었다. 죽은 호랑이의 네 발을 묶을 새끼줄과 메고 갈 굵은 장대를 준비해 왔었다.

　본부진영 뜰에 운반되어 온 호랑이가 하도 멋져서 모두가 놀랐다. 사야카가 쏜 30돈중 철환이 입안을 통해 목구멍 구석에 직통으로 박혀 겉으로 봐서는 아무런 상처가 없었다. 오사카성(大阪城)에 있는 태합(太閤 ; 히데요시) 전하로부터 가토(加藤), 고니시(小西), 구로다(黑田) 등 각 군(軍)에 대해서 호랑이를 많이 잡아 보내라고 붉은 도장이 찍힌 명령서가 와 있었다. 얼마 전에도 모리(毛利) 진영에서 표범을 얻어 상납을 했더니 상상 이상으로 기뻐하며 감사장이 내려왔다고 한다. 가토(加藤) 진영도 지고만 있을 수 없었다. 열 마리에 한 마리 있을까 말까 하다는 황금빛 호피, 더구나 한 점의 흠집도 없다는 것은 하늘이 준 행운이라고 생각되었다.

　껍질을 벗기어 낸 후의 고기며 내장도 마구 버리지 않았다. 간·심장·신장 등을 분리하여 청자단지에 소금을 쳐서 넣었다. 결국은 태합(太閤)과 그의 본처인 북당(北堂)마님, 후궁인 요도궁마님 등이 불로장수(不老長壽)의 영약으로 복용하게 될 것이다.

　호랑이를 처리하는 작업이 끝난 뒤에야 우마노쓰케는 치료를 받았다. 구마모토성에서 침을 놓던 군의관은 상처를 보자 놀라서 입을 벌리었다. 우마노쓰케의 머리는 정수리로부터 뒤통수까지 마구 물려 찢기어졌던 것이다. 머리카락은 물론이고 살갗도 식칼로 도려낸 것같이 달아나고 하얀 뼈가 드러나 있었다. 더구나 대여섯 군데 송곳으로 찌른 듯한 이빨자국이 남아 있었다. 모두가 아슬아슬하게 골수에 미치지 않아 살 수 있었다. 짐승이 별로 식욕이 없었고 고양이 성질 때문에 잡은 먹이를 가지고 장난치는데 정신이 빠진 덕택일 것이다. 의사는 상처를 꿰매기 전에 환자 모르게 은침을 가지고 이빨자국의 깊이를 재어 보았더니 두치 가까이 되었다고 한다.

당사자가 아파서 못 견디겠다고 하지 않는 것도 이상하다면 이상했다. 이만한 중상이라면 대개의 사람들은 정신을 잃고 헛소리를 하게 마련이다. 병졸로 놔두기에는 아까운 담력이었다. 둘러섰던 사람들은 진정으로 찬사를 아끼지 않았다.

우마노쓰케가 점차 원기를 회복해 갔다. 흔쾌해져서 엉뚱한 말을 지껄여댔다. 미리 생각해 둔 이야기가 아니고 혀 끝이 제멋대로 움직였다고 해야 할 형편이었다.

"정신이 들었을 때는 이미 산 속 호랑이 소굴에 끌려들어온 뒤였습니다. 호랑이놈, 나를 먹기 전에 천천히 즐길 작정인지 나를 앞발로 지긋이 누른 채 잠이 오락가락 하는 겁니다. 전적으로 일본의 고양이와 다를 바가 없었습니다……. 언뜻 생각이 나, 배와 겨드랑을 설설 긁었더니 아, 그 놈이 네 발을 쭉 뻗으며 좋아하는 게 아닙니까. 곁을 보니 긴 칡덩쿨이 소나무로 자라올라가 있었습니다. 이거 참 좋은 게 있다고

생각하고 칼은 없고 이빨로 물어 잘라서 한쪽을 비벼서 부드
럽게 한 후 불알 근처를 가지러 주었습니다. 호랑이놈은 심
기가 아주 좋은 듯 코를 골며 마침내 깊이 잠이 들었습니다.
잠자는 숨소리를 듣자 칡덩쿨로 올가미를 만들어 불알을 옭
아매고 한쪽은 소나무에 매었습니다. 살금살금 물러나 도망
하려 하니 그 놈도 잠이 깨어 달려들려고 했는데 그 순간 불
알이 졸린 나머지 눈을 빌빌 돌리며 신음하다가 그대로 죽었
습니다."

즉흥적으로 꾸며댄 말인데도 소문은 그날 중에 전체 진영에
퍼졌다. 우마노쓰케는 '알'이라는 달갑지 않는 별명이 붙고 어
디를 가나 놀라움과 조롱이 섞인 질문공세를 받았다. 그런 가
운데 한 번은 노상에서 사야카를 만나 어쩔 줄 모르고 그 자리
에 서 버렸다. 그러나 그 젊은 사또는 언제나처럼 음산한 얼
굴에 슬쩍 웃음을 보이고 지나쳐 갔을 뿐 아무런 꾸지람도 하
지 않았다.

저녁 때 우마노쓰케는 본부진영으로부터 호출을 받았다. 두
렵고 떨리는 것을 억제하며 출두해 보니 뜻밖에도 큰 사또 기요
마사에게 즉시 안내되었다.

걸상에 걸터앉은 기요마사의 발 밑에 꿇어 엎드려 두려움도
없이 그 꾸며낸 무용담을 되풀이했다. 이미 신물이 나도록 지
껄였기 때문에 그럴듯하게 꼬리가 불어나 스스로 도취하게 되
었다.

"다 아는 산짐승을 죽인 것이니 무공이라고 할 수는 없다. 허나, 너는 완전한 사무라이가 아니고 목동에서 올라온 병졸이다. 오카모토는 보기에 연약한데 대단한 부하를 데리고 있군. 덕분에 태합 전하에 올릴 좋은 선물이 생겼다."

하급부하로서는 분에 넘치는 칭찬의 말씀이 내려졌다. 「남묘호렌교(南無妙法蓮華經)」라는 제목을 붉은 글씨로 적은 작은 깃발을 기요마사로부터 직접 받고 물러났다.

기요마사(淸正)가 총애하는 미동(美童)이 호랑이에게 물려 죽었다.

더구나 애마(愛馬)도 함께.

처음에 습격당한 것은 말이라고 한다. 한 곳에 진을 치고 있는 기간이 오래되자 호랑이 방어용 울타리를 높이고 경계를 강화하고 있던 중이었다. 대나무 끝을 날카롭게 잘라 맞대고 엮어 둘러세운 울타리를 이 놈은 아무 어려움도 없이 뛰어넘은 것이다. 마굿간에 침입하자 보통 말들은 보지도 않고 아소(阿蘇)의 목장에서 특별히 골라 온 노루 빛깔의 말을 발톱으로 마구 찢었다. 준마의 비명소리에 놀란 마부들이 달려왔을 때는 말도 호랑이도 이미 울타리 너머 저쪽에 있었다. 달빛에 비친 괴물의 등은 은빛으로 찬란하였다. 마부들이나 순라병들도 어쩔 수 없이 바라보기만 했다.

주로 신분이 낮은 병졸들 사이에 쓸데없는 이야기가 나돌았

다. 이번에 온 호랑이는 불알이 옭히어 죽은 놈의 암컷이라고
한다. 말을 끌고 가 죽인 것은 말(우마노쓰케)에게 복수하기
위함이라는 것이다. 단순한 말장난으로 만들어진 소문이지만
말(우마노쓰케)의 행운을 질투하는 감정도 가세하여 생긴 턱없
는 소리였다. 본인 우마노쓰케로서는 대단히 불쾌한 일이었다.
차라리 모든 것을 다 털어놓아 참으로 호랑이의 원한을 사야
할 사람은 자기 상전 사야카라고 말해 버리고 싶었지만 이미
상까지 받은 이상 이제와선 별 도리가 없었다.

  애마(愛馬)를 희생당해 불편을 겪게 되는 것은 누구보다도
큰 사또 기요마사일 것이다. 그런데 그의 숙소에서 보고를 받은
큰 사또는 그 짙은 눈썹 하나 까딱하지 않았으며 마부들을 꾸짖
을 기색도 보이지 않았다고 한다. 이 단계에서는 아직 많은 사
람들을 동원해서 호랑이 사냥을 할 마음도 생기지 않은 듯했
다. 휘하의 군사들은 적과의 격전에 대비하여 잘 다독거려 두
어야 할 뿐만 아니라 가축 따위 때문에 병졸 하나라도 움직여
서는 안된다고 생각한 듯이 보였다.

  골수에 밴 무장(武將)으로서 기요마사는 여색(女色)에는 욕
심이 없었고 깨끗한 일상생활을 보내고 있었다. 그 대신 가까
이에는 언제나 얼굴이 잘 생긴 동자를 두어 시중들게 하였다.
시즈게다케(賤ヶ岳) 전투로부터 줄곧 싸움터에서 지내왔기 때
문에 제대로 가정에 안착할 겨를이 없었던 것도 원인의 하나일
지 모른다. 다른 고장으로 원정가는데 처첩(妻妾)을 데리고 갈

수는 없는 형편이지만 미동(美童)일 경우는 상관이 없다. 이번에도 예외는 아니었다. 자기 영토인 히고(肥後) 고을 안에서 선발한 4,5명을 머리카락을 젊고 예쁘게 보이도록 묶어 올리고, 깃이며 소매며 옷차림새도 계집 것을 입혀 데리고 왔다. 형식적으로는 일단 전투요원으로 등록되어 있지만 어떤 격전이 벌어져도 여태 단 한 번도 갑옷을 입힌 적은 없다. 금빛 비녀를 꽂고, 입술에 연지를 발라 살벌한 진중에서 여러 사람의 눈을 즐겁게 하고 있었다.

그 중에서 특히 자젠(左膳)이란 아이의 아름다움은 비할 데가 없었다. 활짝 핀 벚꽃의 분홍빛과 바람에 하늘거리는 버들의 초록빛을 화려하게 섞어 물들인 옷에 싸인 날씬한 몸매, 참으로 꽃다울 뿐이다. 고향 구마모토에 있을 때는 농부의 딸들까지도,

미치지 못할지라도 만송사(萬松寺)의 꽃송이,

꺾어서 한송이 가지고 싶어라⋯⋯.

라고 사랑이 담긴 노래를 지어 부르며 그리워 가슴을 설레이곤 했다고 한다. 조선병들이 마귀(魔鬼) 대감이라는 이름을 붙인 사람, 역귀(疫鬼)를 잡아먹는다는 종규(鍾馗)가 세상에 나타났다고 생각될 만큼 무서운 기요마사의 마음까지도 녹아 풀리지 않을 수 없을 정도이니 알만도 하다.

다른 사람도 아닌 바로 그 자젠의 젊은 고기가 호랑이의 먹이로 택해진 것이다. 말이 물려가고 이틀밖에 되지 않았다. 가

토(加藤) 진영에는 마귀 운수라도 찾아온 것일까. 이대로 간다면 짐승은 더욱 기가 살아나서 밤마다 제멋대로 진영(陣營)을 들락거려 인간들의 얼굴에 먹칠을 하고 말 것이다.

울타리 바로 너머에는 찢어진 꽃무늬 옷소매가 새빨간 피에 젖은채 떨어져 있었다. 그리고 산길을 5리쯤 올라간 웅덩이 곁에는 백골이 반쯤 드러난 몸뚱이가 남아 있었다. 시신을 거두려고 간 사람들은 모두가 눈물을 참지 못했다.

아침녘에 본부진영 뜰에 메어다 놓은 동자(童子)의 참혹한 몰골을 대하여 큰 사또 기요마사는 오래도록 말을 못했다고 한다. 무리도 아니다. 자식과 총희(寵姬)를 동시에 잃은 듯한 낙담과 비통에 빠졌을 것이니까. 털보 수염의 얼굴이 파랗게 질리고 피에 젖은 옷소매로 눈자위를 누르고 있다가

"움직일 수 있는 데까지의 병력을 차출하여 산을 포위하고 호랑이를 찾아내어라."

라고 명령하였다. 지금까지 참고 참아왔던 노여움이 일시에 터져 나온 듯 무시무시한 얼굴이었다. 기요마사는 어릴 때에 호돌이(虎童)라 불린 적이 있다고 하지만, 그 자리에 있던 부하들은 아무래도 그 자신이 맹수로 변한 듯한 특이한 인상을 받았다.

"이것은 자젠의 복수다. 비겁한 흉내는 낼 수 없다."

라고 중얼거리며 곧 채비를 서둘렀다. 갑옷의 허리통은 검은 가죽으로 싸여졌고, 앞뒤에 뱀 뱃가죽 같은 황금빛 무늬가 짜

넣어져 있었다. 늘 하는 버릇대로 투구는 쓰지 않았다. 그 대
신 검은 모자를 썼다. 검정 비단에 옻칠을 해서 만들었는데 좌
우에 하나씩 해가 빨갛게 그려져 있다. 이제 막 서른에 하나를
더한 나이, 싸움터에서 그을린 길쭉한 얼굴에 잘 어울리어 묘
하게 사나이다운 매력을 풍겼다.

무기는 왼쪽 칼날의 창 하나만 가졌다. 곰가죽으로 만든 좁
은 자루에 넣고 가로쇠가 붙어 있는 창칼은 비단 자루로 덮어
싸서 소중히 다루었다. 진영(陣營)에 있을 때도 늘 곁에서 떨
어지지 않게 했고, 외출할 때에는 믿을 만한 병졸 두 사람에게
번갈아 들게 할 뿐 다른 부하들은 절대로 못 들게 했다. 그 때
문에 도리어 호기심을 불러일으켜 갖가지 무서운 소문이 나돌
고 있었다. 그러나 이제 집어낸 것을 보니 크리스천(그리스도
교도)들이 받드는 십자가 비슷한 은월도였다.

일찍이 아마쿠사(天草) 지방의 반란을 평정할 때, 기야마 단
쇼(木山彈正)라는 무서운 상대와 창으로 맞섰다. 일합에 단쇼
를 찔러 눕혔는데 잇따라 달려드는 적 2명을 넘어뜨렸다. 그때
창날이 조금 굽어졌다. 기요마사는 당황한 기색도 없이 곁에
있는 진달래나무의 밑둥에 끼워넣어 발로 밟아 바로잡았다. 너
무도 침착한 움직임에 넋을 잃고 바라보았다. 그리고 아무 일
도 없었다는 듯 달려드는 적들을 마구 찔러 물리쳤다. 전투가
끝난 뒤 정신을 차리고 보니 십자형 창칼이 부러져 외날창이
되었다고 한다.

천하의 큰 사또 기요마사도 내심 틀림없이 아찔했을 것이다. 만일 그 때 숨돌릴 새 없이 적이 공격해 왔다면 도저히 이길 수 없었을 것이기 때문이다. 장소는 아마쿠사섬의 불목고개였다. 부러진 창날 조각을 주워서는 고개 중간쯤에 있는 신사에 엄숙히 바치었다. 시쓰(志津)라는 장인이 만든 명품에 영혼이 깃들어서 목숨을 구하였다고 생각할 수밖에 없었다. 그 날 이후 자기의 창에 대해서 신앙에 가까운 자신을 가지게 되었을 것이다.

윗사람의 취향에 민감한 것이 아랫것들의 상례이니 가토(加藤) 문중에는 창법을 연마하는 사람이 많았다. 흥복사(興福寺)의 암자 보장원(寶藏院)의 주지가 기요마사의 스승이었다. 주지 가쿠젠보(覺禪坊)는 승려로서는 최고의 지위인 법인(法印)의 직함을 받은 중인데 나라(奈良)에 찾아온 기요마사와 다케다(武田) 등에게 설법을 하기 전에 딴 재주를 가르쳤다. 기요마사의 가신(家臣) 중 모리모토(森本), 메시다(飯田), 쇼바야시(庄林) 등도 같은 스승 밑에서 숙달되어 아마쿠사(天草)에서는 놀라운 무공을 세웠다. 이것이 태합(太閤) 전하의 귀에 들어가 세 사람에게 세 자루의 창을 하사하였다. 검은 창은 모리모토(森本), 흰 창은 메시다(飯田), 흑백의 얼룩 창은 쇼바야시(庄林)에게 주었다. 제후(諸侯)의 부하로서는 보기드문 명예라고 생각되었다.

고니시(小西) 가문이나 구로다(黑田) 가문과 비교하면 조총대의 편성은 크게 뒤떨어져 있었다. 원구(元龜;1570~1572), 천정(天正;1573~1591)시대의 고풍 기질을 지녀 여전히 창에 의한 백병전으로 결판을 내는 사무라이가 과반을 차지하고 있었다. 이번 해외 출병에 있어서도 지금까지는 그러한 창을 쓰는 효과를 의심할 사태는 생기지 않았다. 도대체 날으는 도구(총)를 가지지 않은 조선병에게 조총으로 대항하는 것은 비겁한 짓이라고 배격되었다. 전황으로 봐서 부득이할 경우라도 화살을 사용하는 데 그쳤다. 그런데 더구나 오늘은 적과의 전투가 아니다. 사람들은 의논이라도 한 듯이 모두 큰 칼, 작은 칼을 버리고 창만 메고 출동하였다.

기요마사의 지시가 추격전을 격려하는 꼴로 내려졌다.

"너희들의 임무는 함성을 질러서 짐승을 소굴에서 나오도록 하는 것이다. 호랑이가 나타나면 나 혼자서 결판낸다. 설령 위험하다고 생각되더라도 쓸데없는 수고는 절대 필요없다. 만약, 위반하면 모반자로 간주한다."

역전의 용사들이 소리만 지르는 몰이꾼으로 활동한다는 것을 알자, 불만으로 투덜대다가도 주군(主君) 기요마사의 타는 듯한 눈길에 압도되어 숨을 죽이고 말았다.

사시(巳時;오전 10시)에는 1,000명이 넘는 군사들이 산을 에워쌌다. 그리고 포위망을 점점 좁혀가며 산꼭대기를 향해 쳐들어 올라갔다. 창은 지팡이 대신으로 찌르거나 풀섶을 두드려 위협할 뿐이다. 포위망은 조금의 틈도 있어서는 안된다. 날쌔고 도약의 명수인 호랑이는 단번에 탈출해 버릴 것이다.

억새가 무성한 산비탈의 중간쯤에 갈색의 큰 바위가 솟아 있었다. 몰리고 있는 호랑이가 어느 방향에서 나타나든지 이 근처를 통과하지 않으면 안되게 지형이 되어 있다. 기요마사는 조개무늬 자루의 긴 창을 잡고 혼자 그 바위 위에 섰다. 이미 창날을 쌌던 비단자루도 벗겨져 중천에 떠 있는 햇살을 받아 눈부시게 빛나는 창날. 허리에는 큰 칼, 작은 칼도 꽂혀있지 않았다. 동작을 민첩하게 하여 단번에 결판을 낼 작정이라고 생각되었다.

오카모토(岡本)진에서는 출진에 앞서 약간의 말썽이 있었다. 대장 사야카가 큰 사또 기요마사의 명령에 대해 조금 비꼬는 듯한 태도를 취했기 때문이다.

"호랑이가 사람을 잡아먹는 것은 조물주로부터 받은 본성이다. 선(善)이니 악(惡)이니 하는 인간들의 이치로 따질 여지가 없다. 짐승을 상대로 복수니 원수니 하는 것은 우스운 짓이 아닌가."

거침없이 말했기 때문에 다른 진(陣) 사람들이 듣고 탓하지 않을까 우마노쓰케는 어찌할 바를 몰랐다.

가까이에서 모시던 몇 사람이 권유하는 바람에 겨우 몸을 일으켰으나 다른 진보다 뒤에서 느릿느릿 따라갔다. 거기에다 대부분의 사람들이 무기를 가지고 가지 않았다. 창법을 숭상하는 가문인데도 평소 연마에 불성실했던 것이 이럴 때 드러났다고

나 할까. 아니, 도대체 새 사또 사야카에게는 사무라이로서 필수불가결의 창이 처음부터 없었던 것이다.

그래도 현장에 도착하여 바위 위에 서 있는 큰 사또 기요마사의 모습을 보자 우마노쓰케 같은 하급 병졸도 몸이 떨릴 만큼 감동을 느끼었다. 우선 6척 2촌의 훤출한 키가 멋지다. 군살은 없고 검붉은 얼굴에 탱탱하게 근육이 발달한 팔다리, 온몸에 정기가 넘치고 있었다. 국내외를 막론하고 어느 회전(會戰)에서도 적에게 뒤통수를 보인 적이 없는 경력에서 온 자부심, 그것이 무모하다고 볼 수도 있는 행동을 감행하는 듯하니 그건 그것대로 이해가 갔다.

"바보짓이야. 저래서는 뻔하지. 자기 스스로 잡아먹히려고 하는 것과 마찬가지야."

우마노쓰케는 바로 곁에서 들려오는 이 말에 깜짝 놀라 돌아 보았다. 다른 진의 군사들도 섞여있는 사람들 뒤에서 작은 체구를 펴서 높이는 듯하며 자기 상전 사야카가 들여다보고 있었다. 자기에게 한 말인지 그 자신의 혼자말인지 금방 분간이 안 되었다. 그러나 꽤 큰 소리였기 때문에 몇 사람의 사무라이가 들은 것은 틀림없었다.

"위험하다. 큰 사또께서는 창에 혼이 깃들여 있어 목숨을 보호한다고 굳게 믿고 계신다. 그러나 호랑이와 사람은 다르다. 아마쿠사(天草) 싸움에서 살아난 것은 창의 신통력도 아무것도 아니야. 적이 인정을 베풀어 봐준 것 뿐이야. 같은

수가 호랑이에게 통할 리가 없다. 굽어진 창날을 바로 펴고
있을 때까지 맹수가 기다려 주겠나."
라는 말에 몇 사람의 얼굴에 곤혹스러운 표정이 떠오른 것을
우마노쓰케는 볼 수 있었다. 기타(貴田), 나가오(長尾) 등 연로
한 부장들은 듣고도 못들은 채 먼 데를 보고 있었지만 혈기왕
성한 젊은 사무라이는 그렇지 않았다. 몰이꾼의 역할도 집어치
우고 사야카에게 달려와 불경스러운 말을 취소하라고 대들었
다. 솔직히 사과를 하지 않으면, 거들지 말라는 엄명 때문에
쓸모 없이 들고 있던 창으로 제일 먼저 사야카를 핏덩이로 만
들 형세였다. 우마노쓰케를 비롯하여 오카모토 진영의 무리들
이 어쩔 바를 모르고 있을 바로 그 때, 포위망의 중간쯤 되는
곳에서 무엇인가 소란이 일어나 사람들의 주의가 모두 그쪽으
로 쏠렸다.

어찌 된 일일까? 그 놈은 벌써 바위 위에 와 있었다. 더구
나 큰 사또 기요마사가 자리잡고 있는 곳에서 불과 30보밖에 안
되는 곳에.

둥글게 진을 만들고 있는 이 많은 사람 가운데 억새를 밟는
발자국 소리를 듣거나 얼룩무늬의 거대한 짐승이 달려오는 것
을 발견한 사람은 아무도 없었다. 기습에 대비하기 위해 여러
방향으로 엄중히 감시하고 있던 참이다. 당사자 기요마사도 등
뒤에서 느껴지는 숨소리에 돌아서서 자기 눈으로 확인하지 않
았으면 믿지 않았을 것이다. 가까이 큰 나무라도 있다면 가지

에 숨어 있었다고 생각할 수도 있는데 주위는 풀숲뿐이었다. 날개가 있어 하늘에서 바로 날아 내려온 듯한 인상까지 주었다.

과연 큰 사또답게 기요마사는 순간적으로 자세를 바꾸어 호랑이를 향해 창을 중간쯤 꼬느잡았다. 긴 창도 닿지 않는 거리다. 달려드는 순간에 결판내려고, 급소라고 생각되는 두 눈 사이에 창끝을 맞추어 노려보고 있었다.

호랑이는 한 번도 기요마사를 보지 않았다. 소나무를 기어오르는 다람쥐나 잔숲을 달리는 토끼 따위의 작은 동물처럼 완전히 무시하고 있는 것이다. 고양이 무리 특유의 버릇으로 느릿하게 기지개를 펴고 움츠려 앉은 자세를 바꾸려 하지 않는다. 하품을 할 때 줄같이 까슬한 혓바닥이 널름거렸으나 소리쳐 울지는 않았다.

그러다가 놀라운 일이 생겼다. 아마 자기 뜻도 아닌 야수의 본능적인 행동인가. 그 놈은 14,5척 아래인 풀밭으로 뛰어내렸다. 사람의 시력으로는 포착하기 힘들 만큼의 날램이었다. 조금 전에 호랑이가 나타났을 때는 침착하기만 했던 큰 사또 기요마사도 의표(意表)를 찔린 듯, 쓰고 있던 사모가 비스듬히 기울면서 시야에서 사라진 적을 찾기 위해 풀무를 디디듯 두세 걸음 옮겨섰다. 핏기어린 눈에는 지금까지 어떠한 화급한 경우에도 보이지 않았던 당황한 빛이 역력히 엿보였다.

다복솔이 자라고 있는 산비탈을 천천히 걷고 있다. 등뼈가 굽어서 그렇게 보이는 건지, 폴짝폴짝 뛰는 것 같기도 하고 바다의 파도가 굽이치는 것 같기도 한 걸음걸이다. 그 때문에 발자국을 옮길 때마다 호랑이의 무늬가 억새풀 사이에서 숨었다 나타나서 보는 이를 더욱 불안하게 하였다. 지난 날 우마노쓰케를 물고간 놈과는 달리 어깨에서 엉덩이까지 명주처럼 고운 광택을 내는 은백색 털이 꽉 박혀있었다. 조선인 나무꾼으로부터 들은 얘기로는 300마리에 하나 있을까 말까 한 백호(白虎)다. 그 놈은 더없이 생기와 힘이 넘치고 있었다. 그러면서도 부딪치는 상대에게 확실한 죽음을 준다고 하니 믿어지지 않는다. 고귀하면서도 불길한 운명이 한 개의 아름다운 짐승으로 변신해서 지금 눈앞으로 지나간다. 몰이꾼들은 그런 생각들에 사로잡혔는지 싸움을 잊었다.

백호는 일단 우마노쓰케가 서있는 쪽으로 왔다가 곧 멀어져 갔다. 어찌된 일인지 큰 바위를 중심으로 원을 그리고 있는 듯했다.

한 바퀴 돌고 나자 갑자기 몸을 떨었다. 지금까지는 무언가 사람으로 치면 안경을 낀 조선의 유학자 같기도 하고, 승려 같게도 보이던 그 짐승에서 온화한 기색이 싹 가셔지고 살기가 넘쳐 흘렀다. 이끼 낀 바위 틈새에 발톱을 걸자마자 길이 3척이나 됨직한 꼬리로 세차게 땅바닥을 쳤다. 8척에 달하는 동체는 반동에 의해 공처럼 튀어올라 단숨에 다시 바위 위로 되돌아갔다. 실제로는 네 발로 걸어 올라갔겠지만 너무도 가볍고

재빨라서 착각을 자아낸 것도 무리는 아니다.

기요마사와 맹수는 다시 좁은 공간에서 마주보는 형세가 되었다. 더구나 이번에는 양자의 거리가 전의 반쯤으로 좁혀졌다. 이제는 생각할 겨를도 없이 서로가 싸움으로 옮겨가야 한다.

기요마사의 창이 나가는 것과 호랑이가 옆으로 비켜서는 것이 거의 동시에 이루어졌다. 거기에는 역시 하늘이 준 짐승의 민첩성이 사람의 팔 동작보다 앞선다고나 할까. 창날 끝은 옆구리를 스쳐서 2,30개의 털과 함께 약간의 피를 흘렸을 뿐이다. 본능적인 동작으로 방어를 위해 후퇴한 맹수는 당장 공격으로 바뀌어 날카로운 이빨이 기요마사의 목줄기를 향해 돌진했다.

기요마사는 4,5척 뛰어 물러서서 위기를 면할 수 있었지만 그 때문에 그의 등 뒤는 벼랑 가까이 놓이게 되었다. 일단 가깝게 끌어들여 찌르고자 한 급박한 창을 옆으로 빙 돌린 것은 거의 무의식의 동작이라 할 수 있을 것이다. 비릿한 사람의 살코기를 먹으려다 놓친 새빨간 혀와 싸늘하게 빛나는 창 끝은 다시 가까워졌다. 이빨과 창날은 길이가 비슷하게 보이지만 굵기와 날카로움에 있어 호랑이가 유리한 것은 부정하지 못한다. 호랑이는 즐거이 맛좋은 것을 물어뜯는 듯했다. 따닥하고 소름 끼치는 소리가 나면서 창날은 부러졌다. 명장이 만든 자랑스러운 칼날 조각도 호랑이 입 속에서 침에 젖어 밥통 속으로 들어가는 것일까.

칼날을 잘라먹힌 창은 자루는 그대로 있지만 그것은 한낱 막대기에 지나지 않는다. 기요마사도 어찌 할 수 없는 듯 서있다. 짐승이 곧바로 제2합(合)의 공격을 해온다면 최악의 사태를 면치 못할 것이다. 다행히 그 맹수는 입에 든 창날을 처리하는 데 시간이 걸리는 듯했다. 볼은 파랗게 핏기가 없고 이마에서는 비지땀이 솟아나는데 시원한 눈에 두려운 빛이 안보이며 소리를 질러 부하를 부르려고도 하지 않는다. 만일 그렇더라도 그 만큼의 거리에서는 도저히 구원할 겨를도 없을 것이다.

솔잎이 떨어져도 들릴 듯한 침묵이 그 일대의 산야를 압도했다. 봐서는 안될 것을 보지 않으려고 눈을 감는 자도 많았다.

그때 우마노쓰케는 부지중

"앗!"

하고 소리쳤다.

바위 중간쯤까지 붙어 올라가는 작은 사람이 있었다. 사야카다. 조금 전까지도 자기 곁에 있었는데 어느새 빠져나갔을까. 이끼가 있어 미끄러지기 쉬운 데다가 손발이 어린아이같이 작아서 위태위태하고 또한 느릿느릿하다.

그래도 기어이 바위 꼭대기에 닿았는데 그 곳은 마침 기요마사와 맹수가 맞보고 있는 위치에서 두세 발걸음 떨어진 곳이었다. 기요마사의 얼굴에 놀라움이 번졌다. 호랑이는 그보다 더 일찍 알았을 터인데 그 놈은 별로 경계하지 않는다. 아마 끼어든 자가 하도 약골이라 얕보았을 것이다.

사야카는 평소와 다르지 않은 걸음걸이로 바위 위로 올라섰다. 대치하고 있는 양자의 가운데쯤 갔을 때 그의 발이 멈추었다. 긴장하고 있는 기색은 전연 안보인다. 무관심 덩어리같이 튀어나온 눈길로 두 생물(生物)을 똑같이 바라보며 입술이 가볍게 비뚤어졌다. 그 웃음은 남을 아찔하게 하는 것이 어려 있지만 보는 이의 착각일 수도 있다.

자세를 바꾸어 호랑이 쪽으로 돌아섰을 때는 어디에다 감추고 왔는지 총부리가 짤막한 조총을 가볍게 쥐고 있었다. 비로소 살기를 띤 호랑이가 어훙 소리와 함께 턱을 벌려 누리칙칙한 이빨과 검붉은 혀를 내보였다.

우마노쓰케는 자신이 물려갔을 때와 똑같은 형편이라고 생각하며 가슴이 아팠다.

화약 연기가 솟아오르고 날카로운 총소리가 산자락을 흔드는 것과 동시에 납알은 호랑이 목구멍에 깊숙이 박혔다. 호랑이는 엷은 분홍빛 배를 하늘로 보이며 몸뚱이를 뒤틀며 뒹굴었다.

사야카는 우선 근신하라는 명령을 받았다.

벌을 내리는 이유는 말하지 않고 그저 애매모호한 채로였다. 다만 종사가 명령서를 적는 동안 기요마사는

"그 놈, 나에게 모욕을 안겨줬다!"

라고 불쑥 한 마디 말했을 따름이라고 했다.

보기에 따라서는 매우 편협한 명령이다. 일체 거들지 말라는 하명에 어긋난 짓을 했다고 하나 실제로는 주군(主君)의 목숨을 구했기 때문이다. 최종적인 결정을 유보한 채 어정쩡한 처분을 내린 것도 기요마사의 심중에 복잡한 갈등이 가셔지지 않은 증거로 보지 않을 수 없다. 혹은 이렇게 시간적 여유를 주어 그 사이 사죄라도 하면 불쾌한 심기를 돌릴 가능성도 부인할 수 없다. 아니 내심 그것을 기대하고 있는 눈치도 엿보였다.

우마노쓰케 등 부하들이 애를 태우는 것과는 달리 사야카는 반성한다거나 낙담하는 기색이 전연 없었다. 오히려 일시적이라고는 하나 번잡한 군무에서 풀려나 상쾌하다는 듯한 모습도 보였다. 큰 사또의 분부에 노골적으로 반항할 리는 없고, 온순하게 복종하는 자세를 무너뜨리지 않는다면 이렇다 하고 나무랄데도 없는 것이다. 외부 출입만 삼가면 진중 막사 안에서의 기거는 자유롭고 견책을 받고 있는 것도 아니었다. 부산포에 도착한 이래 주위 모은 수백 권의 진귀한 서적을 이 때야말로 때가 왔다고 끄집어내어 마음껏 들여다 보았다. 본인으로 봐서 다른 뜻은 없겠지만 무예만 숭상하는 무골(武骨) 일변도의 대다수 사무라이로부터 건방지다는 오해를 받아도 어쩔 수 없다.

그 때문인지 아닌지는 모르지만 동정하는 목소리는 드물다. 기요마사의 노여움이 부당함을 알면서도 발벗고 나서서 손을 써 줄 사람은 나타나지 않았다. 이렇게 되고 보니 평소에 사

람 사귐이 신통치 않았음이 한스럽다. 이제까지 일이 있을 적
마다 비호해 주던 큰 사또 기요마사 그가 상대자가 되고 보니
오카모토세(岡本勢)로서는 어떻게 해야 할지 막막하기만 했다.

그 날 이후 사야카가 비겁자라고 하는 비웃음은 딱 그쳤다.
여러 사람들이 보는 앞에서 백호를 단방에 해치운 조총 솜씨는
금방 호포(虎砲)라는 별명을 얻게 했다. 이 무서운 소문은 순
식간에 휘돌아서 고니시(小西), 구로다(黑田) 진영은 물론 조선
의 촌민들에게까지 퍼져나갔다.

그러나 그럴수록 그만한 기량을 가졌으면서도 정작 중요한
전쟁터에서는 한 번도 발휘한 사실이 없어 비판이 집중되었다.
특히 동래성 싸움에서는 조선군의 집요한 저항을 받아 가토군
(加藤軍)에도 사상자가 속출했었다. 만일 사야카가 옳게 정신
을 차려 그 조총으로 싸웠다면 희생자 중 몇 명은 살았을 것이
다. 그런데도 불구하고 그는 전세의 추이에는 상관없이 막무가
내로 불난 집에 들어가 이것저것 훔치는 도둑놈같이 종이곰팡
이 냄새가 나는 책들을 모으기에 여념이 없었지 않았던가.

세상 인심은 무서운 것이다. 덮어놓고 미워하는 마음에 불이
붙어서 오랑캐의 책자를 모조리 버리게 하자는 소리마저 들렸
다. 주위 사람들 중에는 신상의 위험을 느끼고 태워 버리자고
설득해 오는 사람도 있었지만 사야카는 같잖다고 웃을 뿐 상대
하려고 하지 않았다. 먼 데서만 비난을 하고 떠들면서 직접 앞
에 다가와 비난하는 사람이 없는 것은 역시 그 호포(虎砲)의

위력을 눈으로 보았기 때문이다.

본래가 창(槍) 만능의 가토(加藤) 문중에서는 비기(飛器;총이나 활)를 더러운 수법이라고 배격하는 경향이 농후했다. 따라서 사야카의 이번 행동을 순순히 시인하지 않는다는 것은 쉽게 예상되는 바였다. 그러나 풍문은 엉뚱한 방향으로 번져갔다. 사야카가 조그마한 솜씨에 오만해진 나머지, 큰 사또의 창을 얕보아 실전에 나가면 허수아비만도 못하다고 떠벌리며 다녔다는 것이다.

진실이 아니라는 것은 누구나 알고 있었다. 그 사건 이후 사야카는 부대 막사의 한 구석에 틀어박혀 한 발자국도 밖에 나오지 않았다.

우마노쓰케가 훗날 생각해 보니 그 때 역시 사야카는 무거운 허리를 일으켜 직접 큰 사또 앞에 나아갔어야 했던 것이다. 금족령에 형식적으로는 위반되고, 혹 실질적으로는 상전의 불쾌감을 더하게 했을지라도 홀로 주군(主君)의 품에 뛰어들 좋은 기회였음이 분명하다. 기요마사는 전통적인 사무라이도(土道)를 신봉하는 반면 인정에 약한 또 다른 면도 가지고 있었다. 일 대 일로 만난다면 혐의감은 당장 풀렸을 것이다. 표면상의 편견으로 가리워진 사야카의 아름다운 본성을 누구보다 잘 알고 있는 사람이 바로 기요마사이기 때문이다.

당사자는 어느 쪽도 원하지 않는데, 사태는 줄곧 나쁜 방향으로 움직여갔다. 메시다(飯田), 우오스미(魚住) 등 바로 옆 진영의 병사들까지도 요즘에는 오카모토(岡本) 진영의 가신(家臣)들과 마주치면 어색하게 눈을 돌려 노골적으로 멀리하는 기색을 보이기 시작했다. 특정한 간악한 자가 있어 음모를 꾸며 고의로 큰 사또와 사야카의 사이를 갈라 놓는 것도 아니었다. 사야카에 대한 반감은 어느덧 유행병같이 주변 사람들에 만연해 있었다. 이국에 주둔해 있는 데에서 오는 신경과민이 이에 박차를 가했다. 이러한 소문은 준마처럼 달리어 백락(伯樂)이 나타나도 잡지 못할 것같았다.

아소성주(阿蘇城主) 대리직에 있는 장인 가토 우마조(加藤右馬丞)가 상부의 사자로서 진중으로 찾아왔다.

법석을 떠는 부하 무리들을 진정시키자 사야카는 땅바닥에 꿇어앉아 맞이하였다.

이미 50고개를 넘어 천식 기미가 있는 우마조는 목쉰 소리로 고통스럽게 상전의 처분을 전했다.

"그 안건, 평소부터 상전을 무시함. 더 더욱 삼가지 않으니 할복할 것을 언도하는 바이다."

배를 갈라 스스로 목숨을 끊는 것은 9일 후로 정해졌다. 그 때까지는 근신하라는 지시가 있었다. 엎드려 있는 사람들 사이에서 작게 흐느끼는 소리가 새어나왔다. 300명 부하의 신상에 대해서는 추후 분부가 내릴 것이라고 덧붙였지만 앞날의 불안은 감출 수가 없었다. 그리고 그들 대부분은 자기 상전 사야카에게 가벼운 처분이 내려질 것이라고 낙관해 왔던 것이다.

사야카는 조금 머리를 들고

"감사히 받들겠습니다."

라고 대답했다. 대담하게 입술에는 냉소가 어리었다.

상전의 전지를 전달한 뒤의 우마조(右馬丞)는 친숙하고 부드러운 얼굴빛을 짓게 되었다. 그리고 문득 생각난 듯이 다음과 같이 말했다.

그 일이 있고부터 큰 사또께서는 그 호탕한 기품은 어디가고 늘 심기가 불편해 보였다. 일과였던 창법 연마도 폐하고 군사 회의에도 불참하신다. 그렇다고 술을 즐긴다든가 곁에 있는 미동에게 울적한 심정을 털어놓는 일도 없다. 다만 이따금씩 측근을 보며 반 혼자말처럼 말씀하신다.

"사야카놈, 호랑이에 빗대어 제 상전을 쏜 거야. 그 날 그 놈의 눈은 분명히 나를 노려보고 있었다."

큰 사또께서는 호돌이(虎童)란 아명으로 봐도 그 용맹한 짐승에 대하여 남모르는 집념을 지니고 계셨는지도 모른다. 사야카가 버릇없이 끼어들어 낚아채 죽였으니 마치 당신 자신께서 상처를 입은 듯 고통을 느끼셨는지도 모른다. 그렇다 치고라도 탄식조로 그 말씀을 계속하는데에는 주변 사람 모두가 딱해서 못볼 지경이었다.

상전이 보낸 사람이 돌아가자 오카모토 진영에는 다시 정적이 찾아왔다. 사야카는 아무 일도 없었다는 듯이 헌 책의 먼지를 털고 책가위를 풀칠해서 고치는 일로 시간을 보냈다. 목숨이 다하는 순간이 눈앞에 닥쳐오는데도 아무런 관심도 없는 듯한 모습이었다. 오히려 처분이 결판나서 시원해졌는지 평소의 음울한 모습이 싹 바뀌어 명랑한 표정이다. 마치 큰 사또와 사야카의 성격이 그늘과 양지로 자리바꿈을 한 듯한 느낌마저 주었다. 가혹한 처분에 대해 많은 부하들의 불만이 없다고 하면 거짓말이다. 다만 드러내놓고 불평할 용기 따위가 없을 뿐이다. 좌우간 다른 진영과의 내왕이 딱 끊긴 것 외에는 아무것도 달라진 것이 없는 하루하루가 흘러갔다.

나흘째가 되는 한 밤중, 깊이 잠들 수 없어 선잠이 오락가락하는 우마노쓰케에게 새 사또의 침소까지 오라는 호출이 왔다. 급한 용무가 있으니 달리 채비할 필요가 없다고 했다.

새 사또 사야카는 아직 자리에 들지 않고 책들이 흩어져 있는 가운데 책상다리를 하고 앉아 있었다. 우마노쓰케가 들어가니 방금 써서 먹물도 마르지 않은 서찰 같은 것을 내보였다.

"너 이것을 가지고 똑바로 북쪽으로 가거라. 100리쯤 가거든 산마을로 내려가 조선군의 진지를 찾아라. 그리고 될 수 있는 대로 고위층이나 대장에게 전하는 거다."

별로 흥분되지도 않은 담담한 말투였다. 우마노쓰케는 아직 꿈이 아닌가 의심하며 전신의 피가 얼어붙는 듯했다. 그러나 귀만은 더욱 쟁쟁해져서 지시하는 것을 하나도 빠뜨리지 않았다.

새 사또는 그 서찰을 손으로 꼬아, 가는 새끼줄로 만들었다.

하나의 종이끈으로 변하자 비로소 우마노쓰케에게 주었다. 그
이상 아무런 설명을 하려 하지 않았다. 또 조선군에서 거절할
경우 같은 것도 아예 관심 밖이라는 태도였다.

우마노쓰케는 그 종이끈을 상투에 매어 머리카락 속에 감추
었다. 준비가 되자 새 사또에게 절을 하고 침소를 물러났다.
가슴은 여전히 두근거리지만 맡겨진 임무가 하도 중하여 머리
가 무거웠다. 따지고 보면 벌써 옛날에 호랑이 뱃속에 들어갔
을 몸이 아닌가. 잠시라고는 해도 이어진 목숨을 재생의 은인
에게 바치는 것은 당연하다고 생각했다.

제 숙소에는 들르지 않고 그대로 밖으로 나왔다. 북두칠성을
보고 방향을 정한다. 일정한 간격을 두고 순회하는 불침번에게
들키지 않도록 세심한 주의를 해야 한다. 이런 판에서는 우군
이 더 두렵다. 만일 체포되면 먼저 종이끈을 삼키고 혀를 깨물
어 자르는 수밖에 없을 것이다.

똑바로 북쪽을 향해 마구 달렸다. 어릴 적부터 빨리 달리는
데 있어서는 누구에게도 뒤진 일이 없었다. 아소(阿蘇)의 목동
들 사이에서 이름 그대로의 생김새라고 하며, 말이 사람으로
환생했다면서 알아주었다. 거기에다 산에서 자랐기 때문에 울
퉁불퉁한 길도 별로 고역이 아니었다. 될 수 있으면 사람과 마
주치지 않으려고 어두운 곳만 찾아 늪이고 언덕이고 그대로 달
렸다. 귓전에는 바람이 울지만 노루가 달리듯 발자국 소리는
내지 않았다.

산마루를 셋, 골짜기 둘을 달렸을 때 날이 새었다. 벌써 100리는 온 것 같은데 마을은 보이지 않는다. 다시 4시간쯤 달리자 숲이 다 끝나고 전방이 탁 트이었다.

평지에 내려오자마자 그 자리에 픽 쓰러졌다. 피로라고 말할 정도를 넘어서 팔다리를 비롯하여 전신이 마비된 듯했다. 아마도 밭둑일 것이라고 느끼면서 잠에 떨어졌다.

얼마나 흘렀을까. 시끌시끌한 소리에 무거운 눈꺼풀을 열었다. 자고 있는 주위에 4,5명의 사나이가 둘러서서 내려다보고 있었다. 무슨 말인지 알 수 없는 것으로 보아 조선인이라 짐작되었다. 병졸 같기는 하나 복장도 제각기 다르고 동작도 절도가 없다. 손에 손에 몽둥이·죽창 등을 들고 그것으로 몸을 꾹꾹 찌르니 일어나지 않을 수 없었다. 그 중에는 진짜 창을 가진 사람도 있었는데 일본의 창과 비교하면 그 길이가 반도 안되어 보였다. 아무래도 우마노쓰케 자신처럼 농부들을 모아 조직한 군사들 같다.

상투를 만져보니 그 종이끈이 없다. 그 중의 우두머리인 듯한 30세쯤의 사나이가 찾아낸 듯 이미 그의 손에 펴져 있었다. 글을 아는 모양이라 죽 한 번 읽어 보았다는 눈짓이다.

두려움을 참고 두 팔을 올리며 필사적으로 볼의 근육을 누그려 보려고 했다. 상대들의 눈으로 보면 우는지 웃는지 분간이 안되는 괴상한 얼굴짓이다. 그래도 얼마의 효과가 나타났다. 무기도 가지지 않은 말같이 생긴 일본인을 보고는 어이가 없었을 것이다. 얼굴에 후한 기색이 보이고 경계도 풀린 듯했다.

"이리 와"

30대 사나이가 손짓과 함께 명령했다. 우마노쓰케는 포박도 당하지 않고 그들을 따라갔다.

여염집들이 들어선 마을에서 조금 떨어진 곳에 담을 둘러친 큰 건물, 사원이었다. 석탑이 서있는 넓은 마당을 지나 자갈이 깔려있는 곳에서 기다리게 했다. 감시하는 사람을 남겨두고 나머지 사람들이 건물 안으로 들어갔다. 꽤 오래 기다린 후 다시 나타난 사람들은 전보다 훨씬 많은 수였다. 40대를 넘어선 듯한 사람이 병사들의 호위를 받고 있었는데 모두가 공경하는 것으로 보아 대장인 듯했다. 몸에 밴 위엄이 풍기며 희끗한 머리에 주름살이 깊었다. 이국풍의 갑옷을 입고 있지만 눈빛은 부드러워 유학자 같은 인상을 주었다.

그 서찰을 손에 들고 있었으며, 서찰과 우마노쓰케를 번갈아 바라보며 뭐라고 말을 했다. 곁에 섰던 중년 사나이가 통역을 했다.

"여기는 울산(蔚山)이란 곳이다. 여기 계시는 분은 경상병마 절도사(慶尙兵馬節度使) 박진(朴晋) 대감이시다. 너의 상전 편지는 읽었다. 대단히 훌륭한 필적이다. 문장도 잘 되어 있다고 칭찬하셨단다."

사투리가 심하지 않은 것을 보면 대마도 태생이거나 왜구(倭寇) 출신인가. 이런 데서라도 자기 새 사또의 학식이 바르게 평가되는 것이 기뻤다.

"이 정도의 한문을 쓸 수 있는 사람이라면 나는 무조건 믿는다. 자세한 사정 잘 알았다. 수하 군사를 이끌고 언제라도 오도록 해라. 그 때까지 여기서 기다리겠노라."

박진의 말은 통사를 통해 전해졌다.

우마노쓰케는 뒤안으로 안내되어 죽을 대접받았다. 요기가 끝나자 다시 똑바로 남쪽을 향해 달리기 시작했다.

二

우마노쓰케가 자기 진영으로 돌아온 것은 해시(亥時;오후 10시)였다. 그의 걸음걸이로서는 더 빨리 올 수 있었는데 남의 눈을 피하기 위해 도중에서 일부러 늑장을 부렸기 때문이다.

사야카는 전과 같이 침소의 구석에서 허리를 꼬부리고 앉아 책을 읽고 있었다. 그 때부터 흘러간 시간이 마치 거짓말 같은 느낌이 든다. 발자국 소리를 들은 사야카가 이쪽으로 돌아보았다. 흰 눈자위가 빨갛게 충혈되어 있는 것으로 보아 한숨도 못 잤음을 알 수 있었다.

한 마디의 질문도 없이 보고를 듣기만 했다. 보고가 끝나자 휘하 전원을 당장 집합시키라고 명령했다. 병졸·군노(軍奴)에 이르기까지 신분의 고하를 따질 필요가 없다고 덧붙였다.

명령을 전달하며 돌아다니는 데에는 힘들지 않았다. 우마노쓰케가 비밀사명을 따고 자취를 감추었다는 사실이 벌써 소문이 나있는 모양이었다. 막사 안에서 잠든 사람은 하나도 없었다. 모두가 걱정스러운 얼굴로 우마노쓰케를 맞이했다.

사람들은 복장을 갖출 겨를도 없이 속속 모여들었다. 300명이나 되니 모두가 본부막사 안으로 들어갈 수 없어 사무라이 신분들만 새 사또 가까이에 둘러앉고 병졸들은 막사 밖 마당에 서있었다.

고향 아소(阿蘇)와는 달리 싸늘하게 식은 산기운 속에서 사야카의 목소리가 퍼졌다. 평소의 차분한 태도에 변함은 없었으나 얼음같은 것이 모두의 가슴에 스며들었다.

"오늘 밤으로서 가토(加藤) 문중과의 인연은 되돌려주고자 한다. 전부터 큰 사또의 처사에 수긍이 가지 않았기 때문이다. 이후부터는 오카모토(岡本) 진(陣)만으로 독립 활동을 한다. 그렇다 해도 여기는 남의 나라 땅, 어떠한 고난이 기다리고 있을지도 모른다. 이만한 인원이 살아남기 위해서는 경우에 따라 치욕을 참고, 적에게 무릎을 꿇는 길을 택할지도 모른다. 함께 갈 것인가, 남을 것인가는 각자의 자유에 맡긴다. 의견이 있는 사람은 염려말고 말해주기 바란다."

짤막하게 말하고는 입을 다물었다.

잠시 침묵이 흘렀다. 땅거미가 진 어둠 속에서 오열을 억누르기 위해 들먹거리는 어깨가 몇이나 보였다. 일어서서 이론을 제기하고 발자국 소리도 거칠게 나가버리는 사람이 나타나지나 않을까 하여 우마노쓰케는 마음을 졸였으나 그런 기색은 없다.

그 때 상좌에 앉았던 백발의 사나이가 쉰 목소리로 아뢰었다. 150섬의 녹봉을 받고 있는 가미지마(上島)라는 노가신(老家臣)으로 사야카의 승하마를 시중드는 것이 직책이다.

"황공하오나 말씀드리겠습니다. 우리는 윗대 고래다내(性種) 나으리 이래 오카모토(岡本) 문중의 녹을 먹고 섬겨 온 몸들입니다. 가토(加藤) 문중과의 관계는 큰 사또가 전의 영지(領地)인 오미(近江) 나가하마(長濱)에서 우리 고장으로 영지가 바뀌어 와서 겨우 수년밖에 안됩니다. 부당한 할복의 처분에 대해서는 말은 안하지만 불평을 품고 있습니다. 그리고 어떠한 일이 있어도 새 사또 나으리와 생사를 같이 하자고 은밀히 뜻을 모으고 있었습니다. 큰 사또의 성질로 봐서 여기에 남는다 해도 목숨이 부지된다는 보장은 백에 하나도 없습니다. 바라옵건대 어디까지나 데리고 가 주십시오."

상전에 대하여 이렇게 소망을 말한 뒤 동의를 구하는 듯 여러 동료를 바라보았다. 우마노쓰케는 모든 사람의 마음 속에 간직한 참뜻을 너무도 잘 알 수 있다. 군율에 위반되었다는 혐의를 받은 것만으로도 귀국선을 타지 못하도록 처분을 받은 예가 몇 건이나 있었기 때문이다. 가미지마(上島)의 눈은 젖어 있었지만 목소리는 이상하게 맑아졌다.

"이렇게 결정된 이상 일각도 헛되이 할 수는 없다. 이같은 중대사가 여러분에게 알려진 이상 내일 아침에는 큰 사또의 귀에 들어간다고 각오해야 한다. 앉아서 주륙을 당하기보다 즉각 행동으로 옮기자꾸나. 진영을 떠나 밤 사이에 추격군의 손이 닿지 않는 안전지대로 벗어나야 한다."

라고 말했다.

일동은 그 말을 신호로 각자 자기들 천막으로 돌아갔다. 소지품을 가져오기 위해서가 아니다. 오히려 투구·갑옷까지라도 도주하는데 방해가 될 만큼 무거운 것은 모두 버리기 위함이다. 따라서 그들이 다시 집합했을 때는 민소매에 토시만 끼운 사람, 맨허리에다 갑옷을 입은 사람 등 형형색색의 얄궂은 형색이었다.

우마노쓰케에게는 사야카로부터 두 자루의 구니토모(國友) 조총과 화승(火繩)·창·철환 등이 맡겨졌다. 그 중에서도 화약이 든 자루만은 어떤 위급한 경우라도 물에 젖어서는 안된다는 특별 지시도 있었다. 우마노쓰케는 이들 보물을 충실히 간수하기 위해 자신의 사물은 모두 내버려두고 떠나야 했다.

다른 병졸들은 마루바닥에 흩어진 책을 주워 모았다. 고리짝 안에 있던 옷가지들을 들어내고 그 곳에다 되는 데까지 책을 채웠다. 그래도 3분의 1 정도밖에 넣지 못하고 나머지는 아깝지만 단념해야 했다. 책을 넣은 고리짝은 새끼로 묶고 굵은 막대기를 끼워서 번갈아 메고 가기로 했다. 이렇게 분주히 채비를 하는데 사야카는 마치 남의 일같이 멍하게 바라보기만 했다.

300명의 힘찬 사나이들은 조용조용히 출발했다. 대오를 갖춘다는 것은 본래 가당치 않고 더구나 어두운 산길에서는 불가능했다. 그러나 일사불란의 말 그대로 모든 행동이 빈틈없이 진행되었다. 하늘의 북두칠성이 이번에도 길을 이끌어 주는 표시가 되었다. 우마노쓰케가 선두에 섰다. 순라병들과 마주치지 않도록 교묘히 인도하였다. 글자라고 하면 편지 하나 쓰는 것도 고역인 그였지만 작은 나무 한 그루, 별 특징도 없는 바위 하나까지 정확하게 기억하고 있는 데에는 놀라지 않을 수 없었다. 다른 사람들도 우마노쓰케와는 비교가 안되지만 모두가 아소(阿蘇) 산골에서 자랐기 때문에 산중 밤길에도 익숙해 있었다. 평지에서 자란 다른 진영의 군사들에게 들키지 않도록 발자국 소리를 죽이는 데에도 별 어려움이 없었다.

'발각되면 그뿐이다. 대항하지 말자. 어제까지의 우군에게
   칼끝을 들이댈 수는 없다.'

말은 하지 않았지만 누구나의 가슴에도 똑같은 생각이 담겨있었다. 대부분이 우마노쓰케와 같은 처지로 입(식구)도 줄일 겸해서 졸지에 징발되어 온 병졸에 지나지 않는다. 고향에는 부모형제가 있다. 두고 가서는 안될 곳에서 한 걸음 한 걸음 멀어져 가는 서글픈 심정은 지금까지 맛보지 못했던 감회를 안겨주었다.

우군의 초계선을 거의 벗어났다고 생각될 무렵 동녘 하늘이 환하게 밝았다. 여기서부터는 조선군이 지배하는 지역이다. 태

풍이 휘몰아치는 바다 한가운데 놓인 조각배다. 처음 만나는 조선인과는 어떻게 의사를 통하면 될까. 그들로부터 어떠한 대우를 받을까. 누구의 마음 속에도 이러한 의구심이 가득할 것이다. 아무리 머리를 짜내봐도 대답이 쉽게 나올 리 없다.

"어차피 될대로 될 수밖에……."

우마노쓰케는 나지막한 소리로 천천히 말하자 얼마쯤 마음이 가라앉았다. 조선 사람도 결국 사람이 아닌가. 저 호랑이놈에게 물려갔을 때 비하면 훨씬 낫다. 어떻게 서로 뜻을 통해서 살아갈 궁리도 생길 것이다. 오히려 세상일은 생각할 나름이다. 앞날에 대한 불안이 무겁게 드리워 있는 덕분에 자칫 고개도 못들 것같은 치욕감을 크게 의식하지 않아도 되었다.

대열의 걸음걸이는 점점 느릿해졌다. 추격군을 염려하여 우에지마(上島) 등 동료들의 거듭되는 재촉이 없었다면 훨씬 늦었을 것이다. 그래도 우마노쓰케 혼자서 왕복한 것보다 많은 시간이 소요되었다. 길은 이제 내리막에 들어서 울산포구를 감싸고 있는 평지에 이르렀다. 사람들은 밝아진 햇볕 아래 서로 좌우를 돌아보며 땀과 먼지로 범벅이 된 얼굴들을 확인했다. 다행히 한 사람의 낙오자도 없었다.

버드나무가 그늘을 드리운 우물가에서 잠시 휴식을 취했다. 손발을 씻고 헝클어진 머리카락을 빗질했다. 지금 당장 목이 달아나는 일이 생길지라도 추한 모습을 이국인에게 보이기는 싫다는 심정이다.

휴식이 끝나자 300명은 종대로 대오를 갖추었다. 미리 뜻을
맞춘 것도 아니고 구령을 건 것도 아니다. 평소의 훈련 그대로
각자의 몸이 움직여간 그대로에 지나지 않는다. 대열 한가운데
에서 걸어가는 새 사또를 호위하는 형식을 취하며 조용한 행진
이 시작되었다.

논밭을 지나 마을에 들어갔다. 평시에는 무척 번화했던 곳으
로 보여 상점을 비롯한 민가들의 추녀가 즐비하다. 거리는 방
금 비질을 한 것처럼 쓰레기 하나 없이 깨끗하다. 그런데 통행
인은 고사하고 강아지 한 마리도 얼씬하지 않는다. 돌담으로
둘러싸인 안마당에도, 우물이나 소슬대문 뒤에도 사람이나 짐
승이 있는 기색은 전혀 없다.

그 후에 안 일인데 모든 주민들은 수일 전에 뒷산 중턱에 있
는 산성으로 모두 피난을 갔었다. 조선에서는 옛날부터 전란이
일어나면 적군이 오기 전에 비전투원을 후퇴시켜 마을과 도시
는 텅텅 비워 놓는다고 한다. 그런 것을 미처 모르고 일본군으
로서는 비할 데 없는 불쾌감을 느끼었다. 그러나 반대로 생각
하면 호기심과 멸시에 가득찬 눈총을 받지 않는 행운에 감사하
지 않으면 안된다고 생각되기도 했다.

전방에 탑이며 종루 등 눈에 익은 절이 보였다. 우마노쓰케
가 손가락질을 할 때 순간적으로 모두가 놀랐다. 우람한 절간
문앞 한길에는 이쪽 인원만큼의 많은 사나이들이 도열해 서서
자기들을 기다리고 있는 듯했기 때문이다.

우마노쓰케도 가슴이 덜컥했지만 이내 그 두려움은 사라졌다. 서있는 조선인들은 모두 군복을 입지 않았으며 활·칼 등의 무기도 가지지 않았다. 말총으로 만든 갓을 쓰고 소매가 유난히 넓은 도포를 입은 문관들 뿐이었다. 아마도 부질없는 충돌이 생길까 염려하여 병사들을 어딘가 안보이는 곳에 숨겨 놓았을 것이다. 그 배려는 그런대로 효과가 있어 오카모토(岡本) 진영의 사람들은 마음이 탁 놓이었다.

마중나온 대열의 끝에 어제 그 통변(통역)이 있다. 깔끔한 새옷으로 갈아입고 있었다. 우마노쓰케와 눈이 마주치자 더벅더벅 걸어나왔다.

"기다렸습니다."

어제와는 딴판으로 정중하게 인사를 했다. 다시 두세 발자국 다가서 귀전에다 대고 속삭였다.

"저도 사실은 대마도의 어부 요시로(要次郎)였는데 지금은 고려인이 되어 여문여(呂文余)라는 이름으로 행세하고 있습니다."

라고 말했다. 다른 사람에게 들리지 않는 낮은 목소리였다. 각별히 호감을 보이려는 듯, 햇볕에 그을린 까만 얼굴에 하얀 이를 드러내며 빙긋이 웃었다. 다시 사야카 쪽을 향해 공손히 고개를 조아리며 말했다.

"오카모토(岡本) 사또 나으리라고 알고 있습니다. 경상도 병마절도사 박진(朴晉) 대감께서 지금 기다리고 계시옵니다.

자 이쪽으로 가십시다."

일동은 단청이 요란하게 칠해진 사천왕을 좌우로 보면서 절의 정문을 지나 대웅전 앞 뜰에 들어섰다. 본당(本堂)을 비롯해 요사채·창고 등의 건물에 둘러싸인 공간은 이만한 수의 일본인을 다 수용하고도 남음이 있었다. 구석구석 비질이 잘 되어 깨끗하였다.

생각했던 바와는 달리 박진은 혼자 섬돌 밑에 서있었다. 어제 있던 호위병을 비롯하여 무사들의 모습은 보이지 않았다. 박진 자신도 갑옷을 입지 않고 선비의 옷을 입었는데 몸에는 쇠붙이 하나 없음을 첫눈으로 알 수 있었다.

사야카의 모습을 모자 주름살 투성이의 온화한 얼굴에 인정이 넘치는 웃음을 피웠다.

"잘 오셨습니다."

여문여가 통변할 필요도 없이 부드러운 말투는 굳어진 마음의 주름살을 확 펴는 힘이 있었다.

사야카는 박진 절도사에서 불과 4,5 발자국 떨어진 곳에 서서 가볍게 한 번 읍을 했다. 상대를 똑바로 바라보며 입을 열었다. 귀에 거슬리는 말투는 조금도 들리지 않는다. 말씀은 미리 준비되었던 듯 거침없이 흘러나왔다.

"저는 섬오랑캐 땅에 태어났지만 어려서부터 책읽기를 좋아한 나머지 제 나라 풍속에 만족하지 못하여 언젠가는 예(禮)와 의(義)의 본방인 중국에 가보고 싶다고 꿈같이 소망해 왔습니다. 그러하온데 이번에 태합(太閤) 전하(히데요시)가 명분도 없는 대군을 움직여 귀국을 치려 하고 뜻밖에 이 몸을 선봉으로 삼고자 했습니다. 어찌할까 주저하다가 차라리 속뜻을 감춘 채 즐거운 듯이 선두에 서기로 했습니다. 바다를 건너 처음 동래부를 보았을 때, 당우(唐虞)의 세상도 이러했는가 생각될 만큼 훌륭했습니다. 백성들의 바른 예절은 하(夏)·은(殷)·주(周)와 견주어 봐도 뒤지지 않을 것입니다. 더구나 이같은 병화쟁란(兵火爭亂)의 와중에서도 오히려 그 풍속을 바꾸고자 하는 기색이 없습니다. 여기서 저는 생각을 바꾸었습니다. 먼 중국까지 가는 것이 극히 어려울 바에야 우선 이 나라에서 걸음을 멈추고자 생각했습니다. 소인의 지혜 얕음을 꾸짖어 주십시오. 중국에의 동경을 귀국에서 대신 이루고자 다짐하였습니다."

어두웠던 사야카의 눈에 빛이 살아나고 활달한 웃음이 입술에 넘쳤다. 그것은 박진(朴晉)에게도 곧 옮겨져 그린 듯이 근엄한 절도사는 그 비만한 몸을 흔들며 두 손을 앞으로 모아 읍을 하였다. 둘 사이에 남아있던 서먹함이 깨끗이 씻겨졌다.

여문여가 긴 이야기를 통변하는 동안 새 사또의 시선은 좌우에 우두커니 서있는 300명 부하들의 얼굴을 살피었다. 사야카가 다시 말을 이었을 때는 목소리에 슬픔이 담겨 있었다.

"하온데, 가엾은 것은 이 자들입니다. 독서에 빠진 저와는 달리 이들에게는 중화(中華) 문명에 대한 경모(敬慕) 따위가

있을 리 없습니다. 모두가 저의 윗대 때부터 저의 문중에서
키운 자들입니다. 향리에 있는 부모처자와의 은혜와 사랑의
끈을 끊고 저를 따라와 주었습니다. 이제부터 우리의 운명은
귀국에 맡기겠습니다. 저 일신의 생사는 굳이 상관할 바 아
닙니다. 제발 아무 죄도 없는 이들에게 관용을 베풀어 처우
해 주도록 힘을 써 주십시오."

박진은 사야카에게 다가가 그의 따뜻한 손바닥 속에 동자같
이 예쁜 사야카의 손을 싸잡았다. 여전히 부드러운 웃음을 머
금고 있지만 그의 두 눈에는 물기가 깃들었다.

"심려할 바 아니옵니다. 상감께 상주하여 반드시 소망대로
될 수 있는 방도를 강구하겠습니다……. 그리고 호포(虎砲)
에 대한 소문은 우리 측에도 벌써 퍼져 있습니다."

오카모토(岡本) 에치고(越後) 후(侯) 사야카(冴香)는 그 날로
병 2,000을 이끄는 장(將)으로 임명되었다.

포로로서 투옥되거나 심할 경우에는 목이 잘리지나 않을까
간을 태우던 우마노쓰케로서는 요행이라 아니 할 수 없다. 더
구나 아소(阿蘇)에서 행동을 함께 해온 300명이 흩어지지 않고
본래 그대로 한 진영에서 기거하게 된 것이다. 만약 그들이 후
방 교란을 위해 투입된 첩자들이라면 어떻게 될 것인가. 도대
체 이 나라의 인간들은 남을 의심하는 경계심이 결여된 것일
까. 그렇지 않으면 각 전선에서 열세에 놓여 있는 조선군으로
서는 시간을 두고 조사할 겨를이 없기 때문인가. 배신의 위험

성을 염려하면서도 이런 판국에 고양이든 늑대든 빌려 쓸 수
있는 것은 모조리 부려먹겠다는 속셈인가.

뜻밖에도 울산에 있는 일본인은 그들만이 아니었다. 그 수효
는 약 700명, 별로 감금해 놓지도 않아 성 안에서 오락가락하거
나 끼리끼리 장기나 바둑을 두거나 한다. 어찌 된 것이냐고 물
으면 자기 진영에서 구경하러 나왔다가 너무 멀리나와 잡힌 사
람, 물건을 훔치다가 발각되어 도망친 것 등, 오게 된 동기도
가지각색이다. 우마노쓰케의 상전처럼 책에 반해서 망명한 자
는 하나도 없기 때문에 기이한 사람이라고 어떤 두려움과 공경
스러운 눈으로 보기도 했다. 더구나 사야카는 타고난 말재주와
그 호포로 호랑이 잡는 이야기가 과장되어 유포되었기 때문에
그에 대한 군사들의 복종은 이상할 것이 없게 되었다.

사무라이(武士)라 할지라도 일본인들 사이에 결코 성(姓)을
밝히지 않았다. 예컨대 엔지로(延次郎), 마고노조(孫之丞), 추
시치(忠七), 사쿠에몬(作右衛門) 등 이름만 부르는 형편이었다.
야마모토(山本)니 나카무라(中村)니 하는 것은 아무도 모르고
또한 캐묻지도 않는다. 잘못 성을 말했다가 가족에게 누가 될
것을 두려워함이리라. 또 배신의 치욕은 자기 혼자의 어깨에만
짊어질 것이지 조상까지 더럽힐 필요는 없다는 생각이 부지중
작용했다고도 생각된다.

또 하나의 이유는, 다카하시(高橋)니, 도미타(富田)니 하는
일본인 성을 조선인이 발음하기 어렵기 때문이리라. 항복해온

왜인들을 관리하는 하급 관리는 각기 자기가 맡은 일본인의 명
단을 적은 책자를 가지고 있다. 고향 구마모토에서 가져온 담
배를 나누어 주고 친해진 조선인이 가지고 있는 것을 슬쩍 살
펴보니 우마노쓰케로서는 읽을 수 없는 한자로 이름들이 적혀
있었다. 한참 들여다보고 나서 겨우 감을 잡았다. 즉 '延時老'
는 '엔지로', '馬虞奈廳'은 '마고노조', '忠叱其'는 '주시치',
'沙古汝武'는 '사쿠에몬' 등이 아닐까 라고.

결코 남의 일이 아니다. 우마노쓰케 자신도 '烏摩(오마)'라고
등록되어 있는 것을 보았다. 가장 안타까운 것은 자기의 상전
새 사또의 이름이 '岡本(오카모토)'도 '越州(에쓰주)'도 아닌
다만 '沙也可(사야가)'라고만 기록되어 있었다는 점이다.

그렇기는 하나 본래의 부하와 합해서 1,000명, 이 사람들이
동료로서 함께 살아가게 된 셈이다.

사야카의 지휘하에 배치된 것은 일본인만이 아니다. 박진(朴
晉)의 배려에 의해 조선인도 1,000명이나 들어왔던 것이다.

절도사의 온후한 인품을 알고는 있지만 이러한 조치에 대해
서는 의아심을 품는 사람이 많았다. 특히 우에지마(上島喜三
郞) 등 노신(老臣)들 사이에는 겉모양만 좋은 감시역이라고 강
한 불만을 표시했다. 그만큼 환영하면서 진짜 속뜻은 우리를
믿지 못하는 것이라고.

그런데 실제 조선병과 어울려 보니 그러한 추측은 별로 근
거가 있을 것 같지도 않았다. 부풀려서 말하면 그들 조선인의

한 사람 한 사람은 출신이나 경력도 다 각각이며 복장, 가진 물건 등 무엇을 들고 봐도 공통된 것은 아주 없었다.

갑옷을 입은 정규병도 3분의 1 정도는 된다. 자기 본진이 전멸하거나 와해된 나머지 겨우 목숨만 남아 이 곳으로 흘러온 사람들이다.

나머지의 3분의 2는 모두 의병(義兵)이라 일컬어진다. 본래 무관이 아니고 조국의 위급을 구하려고 지원한 민간인이라고 한다. 전직을 물으면 농부가 대부분이고 그밖에 승려·사냥꾼·행상인·광대 등도 섞여있다. 큰 도시나 중요한 길목은 일본군이 점령하고 있어 생계가 끊겨 밥만이라도 먹여준다는 바람에 모병에 응했다는 것도 사실인 듯하다. 농사일 할 때 입던 옷을 그대로 입고 온 중년의 사나이가 있는가 하면, 승복을 입고 목에 염주를 건 늙은이, 가면을 몇 개나 가지고 있으며 남녀의 목소리를 자유자재로 흉내낼 수 있는 남사당 비슷한 젊은 이도 있다. 제대로 제복(군복)을 입고 활이나 칼을 가진 사람은 보이지 않는다.

그들이라고 해서 뿔뿔이 흩어진 가족이 걱정스럽지 않을 리가 없겠지만 겉으로 봐서는 그런 기색은 전혀 볼 수 없었고 매우 유유히 나날을 보내고 있었다. 고르고 골라서 일본인 막하에 배속되었다고 하는데 별로 언짢은 눈치도 없고 반발을 하지도 않는다. 그뿐 아니라 일단 친구로서 사귀어 보면 대범하여 사소한 일에는 구애되지 않는 성격의 소유자가 많았다.

사야카는 갖추어지지 않은 갖가지 다른 무기들을 모두 버리라고 명령했다. 그 덕택으로 처음 조선 진영으로 온 오카모토 진영의 사람들처럼 모두가 맨손이 되었다.

4, 5일이 지나자 박진에게 부탁한 인원과 물자가 속속 도착되었다. 경내의 객주집에는 숙박하는 장인(匠人)들이 넘쳤고 담 밑에는 철판이나 숯섬이 가득 쌓였다.

여러 곳에서 징발되어 온 대장장이들은 총신을 만들었다. 넓은 뜰 이곳 저곳에서 망치소리가 나고 불꽃이 튀었다. 사야카는 밤낮없이 붙어있어 그들을 지도하고 독려했다.

듣는 바에 의하면 이 나라에 조총이라는 것이 전연 없었다고는 할 수 없다. 2년 전, 대마도의 영주(태수) 소요시토시(宗義智)가 히데요시의 서신을 가지고 한양에 왔었다. 명나라를 정벌할 터이니 길을 비켜달라는 사연이었다. 그때 조선왕에게 주는 선물로 공작 한 쌍과 조총 2정을 상납했다고 한다. 공작은 번식이 되도록 남쪽의 섬에 보내어 풀어 주었다. 조총에 대해서는 큰 집 격인 중국에도 없고 포르투갈 야만인이 일본의 다내가섬(種子島)이란 곳에 가져다준 정체불명의 물건이라는 등 편견이 강했다. 조선 조정에서는 군기사(軍器寺)라는 관서에 내려주었다. 무기와 기치류·군복 등을 관장하는 곳이지만 조총을 받고서 제대로 조사하지도 않고 방치해 두었다.

이번 사태가 터진 후 창고의 구석에 있던 먼지 투성이를 황망히 찾아내어 주물럭거려 봤으나 소 잃은 외양간 격이었다.

만일, 좀더 빨리 그것을 모방해 만들었다면 초전에 그렇게까지 아픈 패배를 입지는 않았을 것이다. 상부에서 늦게나마 그 남만(南蠻) 비기(飛器)의 중요성에 눈뜬 바로 그때 호포(虎砲)로 이름높은 숙련자가 제 발로 산하에 달려온 셈이다.

방아쇠를 비롯한 불침을 놓는 구멍 등은 세공에 익숙한 놋쇠 장인들이 맡게 했다. 사야카는 발사의 위력을 증대시키기 위해 총부리를 될 수 있는 한 크게 하였다. 이에 맞추어 2돈, 3돈의 보통 것뿐 아니라 30돈짜리 철환도 만들었다. 경판(經板)을 저장하는 창고 근처에는 초석·유황·목탄을 섞어 화약을 굽는 이상한 냄새가 가득 퍼지고 있었다.

비가 적은 조선이지만 그래도 흙탕물이 넘쳐 흐르는 가운데에서 싸워야 할 때도 있다. 낙동강·금강 등의 물은 풍부하지만 일본과 비교해서 다리는 적다. 따라서 목까지 물에 잠겨서 강을 건너야 할 경우도 가끔 생긴다. 총과 화약을 함께 넣고 물에 젖지 않도록 가지고 다니기 위해 옷칠을 한 궤를 만들었다. 이같은 노력에 의해 '사야가(沙也可)' 진영은 날씨와 지형에 구애되지 않고 마음놓고 활동할 수 있었다.

조선군의 역사에서 최초의 조총부대가 편성되는 것은 불과 반달 후였다. 주장(主將) 하나를 빼놓고는 조선인도 일본인도 모두 제대로 훈련을 받지 못해 불안한 처지였다.

그들은 우선 남으로 내려가 양산·기장(機張)이라고 하는 시골 도시를 지키는 임무에 투입되었다. 여기서는 순찰사(巡察

使) 김수(金晬)가 서인충(徐仁忠), 전응충(全應忠) 등 의병장의
지원에 힘입어 가지마(鍋島) 진영의 포위를 견뎌내고 있었다.
일본군의 잔치 기분은 우마노쓰케 등이 달려감에 따라 무산되
었다. 사야카가 설계한 화기는 미숙한 조선 장인들의 손에 의
해 만들어졌지만 갑옷을 뚫고 가슴판을 관통하는 힘이 있었다.
가지마의 가가(加賀) 태수는 이름있는 제후 가운데서도 무기
개량에 열의가 있다고 알려져 있었다. 그들은 적이 화살 외의
것을 가지고 있으리라고는 생각지도 못했다. 그 방심 때문에
조선군의 조총공격을 받자 두려움이 더 커져서 봉길리(鳳吉里)
쪽으로 퇴각하였다.

　전란의 와중에서 나가이 가게유(長井勘解由)라는 사무라이는
난장이 같은 적장과 맞붙었는데 그 솜씨의 놀라움을 확실히 확
인했다.

　"그놈, 500척이나 떨어진 곳에서 투구 앞머리의 뿔을 겨누었
　는데 어김없이 한가운데 별을 명중시켰습니다. 분명한 판단
　은 서지 않으나 용모는 일본 사람 같습니다."
라고 말했다. 조선 원정이 끝나고 고향 사가(佐賀)에 돌아간
뒤에도 이것은 하나의 이야기거리로 자주 입에 올랐다.

　이 무렵, 부하들의 연습부족을 사야카 혼자서 보완해 나가는
일이 많아졌다. 주조할 때는 모두가 무용지물이라고 하던 30돈
철환마저 그 효능을 발휘할 기회가 찾아왔다.

　어느 날 오후 사야카는 우마노쓰케 한 사람만 데리고 기장

138

(機張) 근처의 민가에 머물러 있었다. 다른 사람들은 잔적을 소탕하기 위해 모두 출동하였고 주민이 비우고 간 큰 집 한 채를 임시 지휘소로 삼아 첩보가 오기를 기다리는 중이었다.

갑자기 골목에서 많은 사람의 떠드는 소리가 나더니 대문을 열고 들어오는 발자국 소리가 들렸다. 일본말인 줄 당장 알았지만 자기 편이라 믿고 두 사람은 경계도 하지 않았다.

안마당을 지나 사랑채 곁에 있는 작은 문을 통해 대문 쪽으로 나가려던 우마노쓰케는 얼굴이 파랗게 질린 채 상전 사야카 쪽으로 뒷걸음쳐 왔다. 거기 오는 사무라이, 긴 자루 끝에 매단 금빛 부채의 깃발, 닭털로 화려하게 장식된 투구, 뿔과 수염이 달린 가면…… 어김없는 가지마(鍋島) 진영의 꽤 높은 부장이다. 하나, 둘, 셋…… 무려 8명이나 된다. 이들은 무엇을 보았는지 별 경계심도 없이 기웃기웃하며 바깥 마당을 지나 안마당으로 들어오려 한다. 달아나기엔 이미 늦었다.

사야카는 당황한 기색 하나 없었다. 옻칠통에 들어 있는 큰 조총을 꺼내어 안방 마루 끝 기둥에다 묶어 매라고 조용히 명령했다.

이상하게도 적들은 이것저것 살피며 천천히 움직였다. 우마노쓰케는 떨리는 손으로 조총을 기둥에 잡아매었다. 사야카는 탄환을 끼우고 화약을 넣었다.

적들이 작은 대문을 열고 안마당을 향했다. 대문은 사람하나만 드나들 수 있을 정도로 좁고 사랑채와 바로 곁에 있는 광채 사이에 있어 적들은 자연히 한 줄이 되어 올 수밖에 없었다.

짧은 창을 들고 선두에 서서 작은 대문을 연 사나이, 빨간 구레나룻 얼굴이 놀라움과 의아스러움에 일그러졌다. 안채 마루 끝에 선 한 사나이는 키가 너무 작다. 어린아이가 뭣인가 쇠붙이를 가지고 장난을 하고 있는 것이라고 오해한 듯했다. 사야카는 아랑곳하지 않고 조준을 했다.

이때까지 들어본 적이 없는 파열음이 들리고 우마노쓰케는 정신을 잃었다. 몽롱한 의식 속에서

"호랑이 사건 때와 같구나……."

라고 중얼거렸다. 자욱한 화약연기 속에 몇 구의 시체가 보이고 다시 정신을 잃었다.

나중에 조사해 보니 8명이 모두 명치 끝 아니면 가슴팍을 관통당하여 죽고 탄환은 그대로 반쪽만 닫긴 큰대문 문짝 가운데에 박혀 있었다.

우키다(宇喜多), 아리마(有馬) 등의 진영과도 자주 싸웠다. 상대에 따라서는 얼굴을 서로 아는 자도 없지 않았지만 새 사또의 총부리가 용서하질 않았다.

가토(加藤) 진영과 마주치는 것은 무슨 수를 써서라도 피하였다. 팔방으로 망을 보게 한 후 가토의 병졸이 서쪽에서 오면 동쪽으로 이동하고, 들판에 주둔하면 산으로 피해 올라가는 형편이었다. 어쩔 수 없이 만나게 되면 그 당돌한 성질은 어디로 가고 일찌감치 도망을 치고 말았다.

이러한 행동은 어느덧 조선 병사들에게도 알려져 일부에서는 외혹의 눈으로 보게 된 듯하다. 정기적으로 본진에서 연락차 나온 통변 여문여(呂文余)는 우마노쓰케에게 본진에서 이야기되고 있는 것을 귀띔해 주었다.

"사야가(沙也可)는 틀림없이 첩자이니 일찌감치 없애야 한다고 주장하는 고관(高官)도 있어요. 그럴 때마다 박진(朴晉) 대감께서 자신의 목숨과 직분을 걸고 보증한다고, 두둔하고 있음을 잊어서는 안될 거요."

이렇게 말할 때만은 본이름 요지로(要次郎)로 돌아간 통역의 얼굴에는 뭐라고 말하기 어려운 쓴 웃음이 번지었다.

잠깐 동안의 평화가 있었다.

조선 땅에 진을 쳤던 20만 군사 가운데 동국(東國;일본열도의 동쪽 반 지방) 영주(領主)들에게 속한 병력들은 썰물처럼 빠져 귀국했다. 나머지도 해안선으로 물러가 요소요소에 들러붙어 굴조개처럼 껍질 속에 움츠려 앉았다.

명나라와 국경이 가까운 의주(義州)에 몽진했던 국왕(선조)은 한양으로 귀환했다고 한다. 1년 반 전에, 빗줄기 속에 울면서 전송했던 도성 사람들은 왕의 수레소리에 타다 남은 헌 집에서 뛰어나왔다. 그리고 다시 눈물을 흘렸지만 그 수효는 절반으로 줄어 있었다.

시골에서도 사정은 비슷했다. 산골 굴속이나 깊은 골짜기에 숨어있던 백성들이 조심조심 마을로 내려왔다. 죽은 마소의 시체를 치우고 감추어 두었던 쟁기와 호미를 찾아 손질도 했다. 마침 5월, 일본의 쓰유(梅雨 ; 장마비) 정도는 아니지만 영남지방에도 짧은 동안의 우기가 찾아왔다. 바쁜 모내기가 시작되자 할 일 없어 심심했던 우마노쓰케 일행들도 모내기에 나섰다. 답례로 떡을 받아 모처럼 만복의 즐거움을 느끼었다.

사야카에게 한양에서 내려보낸 교지가 전달되었다. 급히 대궐에 입시하라는 내용이었다. 서찰을 전하러 온 아전에게 물으니

"무슨 일인지 전연 모르오."

라고 고개를 저을 뿐이다. 불안감이 감돌았지만 그런대로 길 떠날 채비를 했다. 번거롭고 야단스러움을 피하기 위해 우마노쓰케 한 사람만을 데리고 가기로 했다.

도중 길목마다 난민들이 끊이지 않았다. 아무렇게나 있는 대로 옷을 입었고 손발에 상처가 있는 사람도 많았다. 고향에 돌아가려 해도 아직 일본군의 수중에 있는지 아닌지를 몰라 갈 곳을 정하지 못하고 있는 사람들도 있었다.

조선군은 별로 보이지 않았다. 그 대신 노궁(弩弓)이나 은월도 등 색다른 무기를 든 사나이들이 어느 객주집에나 득실거렸다. 동정군(東征軍), 혹은 천조군(天朝軍)이란 존칭으로 불리우는 명나라의 원군들이었다. 이들은 제 뜻과는 아랑곳없이 만리 이역에 온 울분 때문인지, 조선의 벼슬아치들과 백성들 앞에서

뻐기고 입에 풀칠도 제대로 못하는 사람들을 위협하여 술자리를 마련하게 하는 등 행패를 부리고 있었다. 비위에 어긋나면 칼을 빼들고 부녀자와 어린애까지 살상하는 일도 다반사다. 조선 사람들은 이들을 사갈(蛇蝎)같이 싫어하면서 겉으로 비굴한 복종을 하고 있었다. 우마노쓰케로서는 이것이 이해되지 않는 일이었다.

남의 이야기를 할 처지가 못 되었다. 그들이야말로 바람소리에도 깜짝깜짝 놀랄 항복한 왜인이 아닌가. 좀 답답하기는 하지만 일본인이라는 것을 감추기 위해 도중 여관에서는 자연히 말수가 적어졌다.

보통 6일 걸리는 거리를 걸음을 재촉하여 4일째 한나절 전에 서울에 닿았다. 두 사람은 땀과 먼지를 닦을 새도 없이 곧바로 창덕궁(昌德宮)으로 향했다.

붉고 푸른 색채로 단청된 거대한 문루 밑에서 반가운 박진의 모습을 발견했을 때, 그제야 마음이 턱 놓였다. 기다리고 있었던 듯 온화한 얼굴이 웃음 때문에 더욱 일그러졌다. 그는 반갑게 사야카의 손을 덥석 잡았다.

"이번에는 뭐라고 미리 알려드릴 여가가 없었습니다. 주상께서 그대의 활동을 들으시고 그 솜씨를 친히 보시고자 말씀이 계셨습니다. 이러한 비상시에 이례(異例)의 알현이기도 합니다. 바라옵건대 마음껏 그 비법을 베풀어 주십시오."

아무래도 조수가 한 사람 필요하다는 구실을 내세워 천한 신

분의 우마노쓰케도 함께 대궐 안으로 들어갈 수 있었다. 돈화
문(敦化門)을 들어섰는데 보이는 것 거의가 폐허였다. 광대한
궐내의 여기저기에 불에 탄 나무들이 쌓여있어, 그 자리로 봐
서 수십 채의 건물들이 있었음을 알 수 있었다. 정면에 정전
(正殿)인 인정전(仁政殿)이 솟아 있어야 할 터인데 다 타버리
고 없었다. 용과 봉황으로 장식된 난간도 간 곳이 없고, 사방
으로 계단이 있는 기단(基壇)만이 화강석의 흰 빛깔을 자랑하
며 지난 날의 웅장함을 말하는 듯 구름 낀 햇볕에 비쳐지고 있
었다.

지붕이 없는 단상에 용상이 놓이고 거기에 왕이 있었다. 20
명 정도의 노인들이 좌우에 자리잡고 있는데 의자도 방석도 없
고 그냥 맨돌 위에 꿇어 앉아있다. 영의정 유성룡(柳成龍)을
비롯하여 모두 고관대작들이라고 한다.

왕은 흰 살결의 얼굴이 부석한 듯하고 어딘지 모르게 침착성
이 적은 듯한 인상을 주었다. 사야카를 알현시키는 박진(朴晋)
대감의 말에도 말없이 고개만 끄덕일 뿐 각별한 자기의사를 표
현하려고 하지 않았다. 섬돌 바로 밑에 앉은 두 사람보다 2,3
발자국 떨어진 곳에 부복하였다. 우마노쓰케는 살짝 훔쳐보았
다. 일본의 나고야성에서 말 점검이 있을 때 단 한번 가까이에
서 본 적이 있는 태합(太閤;히데요시)의 풍모와 자연 비교가
되었다. 히데요시는 키가 작고 얼굴이 검은 천상(賤相)이라 쥐
같이 생겼다. 그러나 그의 안광은 날카롭게 빛나서 곁으로 지

나가기만 해도 몸이 오싹해지는 인상을 받았다. 태평시대에는 몰라도 결단력이 요구되는 전쟁에 있어서는 도저히 맞수가 되지 못할 것이라 생각되었다.

맨돌이 깔린 넓은 뜰이 시사장(試射場)이 되었다. 사야카는 우마노쓰케가 들고 온 꿰짝에서 총을 꺼내 놓고 500척 떨어진 곳의 담자락에 서있는 벽오동나무를 향해 발사하였다. 별로 정신을 쏟아 겨누는 것 같지도 않았다. 미리 일러놓은 한 잎사귀 가운데에 구멍이 뚫렸을 뿐 다른 잎이나 작은 가지 하나 꼼짝하지 않는다. 이어서 좀 더 멀리 거리를 두고 엽전 하나를 붙여놓고 그것의 구멍을 멋지게 맞혔다.

조신(朝臣)들 사이에 웅성거리는 소리가 나더니 얼마 후에야
"허허!"
하고 탄성이 일었다. 상감은 감탄이라기보다는 오히려 두려운 듯한 표정을 지었다.

새 사또는 즐겨 책을 읽기 때문에 조선말에도 제법 익숙해진 듯하다. 그러나 묻는 말에 짧게 대답할 뿐 시종 말이 없었다. 키가 작기도 하고 얼굴이 통통한 어린애 같아 우습게도 보였다.

행사가 끝난 후 조선 관복 일습과 청포 3,000필을 하사받았다. 베는 무척 많은 편이나 지금까지 갖가지 모양의 옷을 입고 있는 부하들에게 복색을 갖추어 주라는 속뜻인 줄을 알았다.

영의정을 통해 분부가 있어 조총과 화약을 제조하는 훈련도

감(訓練都監)으로서 도성에 머물러 있지 않겠느냐고 했다.

"대원들 가운데 몇 사람의 조선인도 이미 저에 뒤떨어지지
않는 연습을 쌓았습니다. 임지에 내려가서 그들을 대신 올려
보내겠습니다⋯⋯."

하고 정중하게 벼슬 따위는 관심이 없다는 뜻을 보였다. 두 사
람은 한양에서 하루도 머물지 않고 귀로에 들었다.

4년이 지났다.

일본군의 두번째 침공이 시작되었다. 이번에는 상륙한 지점
에다 진영(陣營)을 구축하고 내륙으로는 진입하려 하지 않았
다. 지난번 식량과 병기의 수송에 차질이 생겨 뜻하지 않게 고
전을 겪은 경험을 살리는 모양이다. 배에서 내려지는 본국의
보급을 즉각 받을 수 있는 해안선을 따라 띄엄띄엄 13만의 병
력이 120리에 걸쳐 배치되었다. 제일 남쪽 순천(順天)에는 고니
시 유키나가(小西行長), 사천(泗川)에는 시마쓰 요시히로(島津
義弘), 부산포(釜山浦)에는 우키다 히데이에(宇喜多秀家)가 자
리잡았다.

우마노쓰케로서는 무엇보다 두려워했던 일이 현실로 닥쳐온
것이다. 사야카가 거느리는 조총부대는 하필이면 가토 기요마
사가 지금 짓고 있는 울산성을 정면에서 공격하라는 명을 받았
다.

휴전 동안 다른 영주(제후)와 같이 구마모토(隈本)나 오사카

(大阪)에 돌아가 있던 기요마사가 다시 조선에 오자 지리에 낯설지 않은 서생포(西生浦)를 우선 본진으로 삼았다. 그러나 그곳은 반농 반어촌에 불과하여 많은 군사를 주둔시켰다가 한양으로 진군하기 위한 발판으로 삼기에는 부족하다. 북쪽으로 겨우 70리 떨어진 울산이야말로 위치로 보나 지형으로 보나 이상적인 곳이라 생각되었다. 기요마사는 곁에 있는 부관 아사노(淺野), 오타(太田)와 협의하여 서둘러 그 곳을 본진의 근거지로 만들기 시작했다.

옛날부터 건축의 명수로 알려진 큰 사또다. 자재가 모자라는 이국에서의 작업에도 자신이 있었음이 분명하다. 10월 12일에 착공하여 12월 중순에 준공하였다. 물론 순일본식의 성(城)이다. 본루(本樓)는 48척 돌담 위에 길이 2,280척의 담을 둘러 쌓았고 제2루 제3루도 그에 뒤지지 않을 만큼 견고한 성을 쌓았다. 외곽에는 커다란 목책이 삼중으로 둘러싸여 있고 천수각(天守閣)이라고 할 정도는 아니지만 네 구석에 망루가 솟아 있었다. 한가로운 대륙 풍경의 한가운데 작은 구마모토 성이 갑자기 생겼다고 말해도 좋다. 처음으로 가까이에서 바라본 우마노쓰케는 두려운 듯 그리운 듯 미묘한 느낌에 젖었다.

사야카를 울산성 공격에 보내는데 있어서는 상부에서 이론이 있었다. 박진(朴晉)은 사야카의 출동을 반대했으나 많은 사람의 주장 때문에 밀려나고 말았다. 가토(加藤)군과 자웅을 결판내는 데에는 그들의 속사정을 잘 아는 인재가 있어야 한다는 주장이 대다수였기 때문이다. 경상도 우병사를 지낸 김응서(金應瑞)가 주창자이고 원군으로 나온 명나라측이 이 의견을 지지했기 때문에 두 말 없이 결정되었다. 김응서는 왕을 알현하고 상까지 받은 사야카를 질투하고 있었는지도 모른다.

 그렇지 않아도 반격의 주도권은 동정군(東征軍)이라 일컬어지는 명나라 군사측이 쥐고 있었다. 수효로 봐도 명나라 군사가 5만 1,000인데 비해 정작 주인인 조선군은 수륙 합해서 겨우 9,000에 지나지 않는다. 명나라 황제(神宗)도 조선측 태도에 화가 나서 서찰을 보내 조선왕을 꾸짖었다고 한다.

 "이쪽에서는 대군을 동원하여 고생하고 있는데 그쪽에서는 왕과 대신들이 도성을 버리는 궁리를 하고, 병졸은 나라를 팔아 기밀을 누설하기도 하는 현실이다. 대체 누구의 싸움이라고 생각하는가. 믿고 의지하는 것도 한도가 있어야지. 만일 목전의 안일만 탐한다면 중국에서도 대신 방어해 줄 수 없다. 군사를 돌려 우리 국경이나 굳게 지킬 수밖에 없다. 정신을 차려서 대답하라."

하는 내용이었다. 그것만으로도 울분이 덜 풀렸는지 원정군을 지휘하는 경리(經理) 양호(楊鎬), 제독(提督) 마귀(麻貴)가 북경을 출발할 때

 "일본에 빼앗길 바에야 차라리 조선을 몽땅 우리 땅으로 편입시켜 버려라!"

라는 폭언도 입에 담았다. 앞문에 호랑이, 뒷문에 늑대라고나

할까. 왕은 곤경에 빠지게 마련이다. 주저주저하는 그 성격으로서는 이상할 만큼 황해·평안·함경도까지 사자(使者)를 보내어 군사를 모집했다. 그러나 계속되는 전란에 쓸만한 장군은 일찍이 잃고, 소집에 응한 것은 칼 한 번 들어본 적 없는 신출나기 지원병뿐이다.

울산이 공격의 목표로 정해진 것은 일본의 진출구역 중에서 가장 북쪽에 있어서, 말하자면 조선의 지배지역에 돌출해 있는 형세이기 때문이리라. 더구나 이 6년 사이에 큰 사또 기요마사는 너무나 유명해졌다. 마귀(魔鬼)대감이란 별명으로 미움을 받고 있는 것은 물론이지만 일찍이 두 사람의 왕자를 포로로 잡았을 때 극진한 예절로 대우했다는 이야기가 전해져 일종의 명성을 얻고 있는 것도 부인할 수 없다. 전라도 어촌에서는 기요마사를 그대로 닮은 허수아비를 만들어서 바다에 띄어 놓고 화살로 그것을 쏘며 악귀 쫓는 굿을 하고 있다는 말도 들렸다. 고니시(小西)나 구로다(黑田) 등도 모두가 눈부신 활동을 했는데 이름조차 알려지지 않았으니 이들과 비교해 보면 참으로 기묘한 일이다. 따라서 양호(楊鎬)와 마귀(麻貴)가 조선측의 권율(權慄) 도원수와 의논해서 총력을 기울여 울산성을 공격하게 된 것도 이해할 수 있다.

새로 지은 울산성은 시가지에서 5리쯤 떨어진 작은 산에 지어졌지만 조선인들은 제멋대로 시루성이라 부르고 있다. 먼 데서 바라보면 그 모양이 흡사 떡시루 같기 때문이다. 여기에는 조금 익살스런 의미도 포함되어 있다.

"시루는 시루지만 속은 비어있다."

고 말하고 있다. 두번째 출정에 있어 태합(太閤;히데요시)은 일부러 기요마사를 불러

"군량준비는 충분히 하라."

라고 특별히 분부하였다고 한다. 그런데 성 쌓는 일을 너무 서둘렀기 때문에 그 사이 대량의 군량을 조달할 여유도 없었다. 또 나고야(名護屋)로부터 수송을 담당한 구키(九鬼) 수군은 삼도통제사 이순신(李舜臣)이 이끄는 함선에 방해를 받아 열의 하나도 무사히 입항할지 걱정스러웠다. 이것저것 많은 원인이 있지만 결국 긴 창을 들고 용맹만 믿으려 하는 큰 사또 기요마사의 고집스런 기질의 소산일 것이다.

그것뿐 아니다. 조선인들은 저마다

"시루는 밑에 큰 구멍이 있어 물은 즉시 빠져버린다."

고 떠들어 댔다. 부근의 지리를 잘 아는 사람이라면 누구나 아는 일로 이 작은 산에는 변변한 샘이 없다. 바위를 깨고 우물을 파도 나오는 것은 소금물 뿐이라 도저히 마실 수가 없다.

현지에 도착한 후 최초로 열린 군사회의에서 사야카는 다음과 같이 헌책(獻策)하였다.

"이 성에는 식수보급이 어렵고 식량의 비축도 없습니다. 힘으로 공격하기보다는 차라리 사면을 포위하여 개미 한 마리도 나올 틈이 없도록 단단히 지키면 앉아서 기요마사를 잡을

수 있을 것입니다."

양호(楊鎬)는 그 방법이 좋다고 하였다. 성의 남쪽 솔밭에 단 하나밖에 없는 못에서 흐르는 물줄기를 괭이와 가래로 잘라 버렸다. 그것만으로 만족하지 않고 못에다 적과 우군들이 버린 시체를 던져 넣어 메워버렸다.

효과는 즉시 나타났다. 목마른 일본군은 밤이 되자 삼삼오오 성곽을 빠져나와 피가 섞인 물을 길으러 왔다. 사야카는 양호 (楊鎬)에게 제2의 계책을 말하고 실행에 들어갔다.

밤마다 조총부대는 숲으로 통하는 오솔길에 매복되었다. 발 자국 소리가 들리자마자 어둠 속에서 마구 쏘았다. 비명과 신 음소리가 나고 많은 사람들이 다투어 달아나는 것을 알 수 있 었다. 그리고 주위는 다시 침묵의 늪으로 돌아갔다. 글자 그대 로 아닌 밤중에 홍두깨라, 기요마사의 무리들도 크게 놀랐을 것 이다. 우마노쓰케는 물줄기가 끊겨 고초를 겪는 것을 생각할 때 아군과 적군으로 갈라선 처지도 잊은 채 가여운 마음이 들 었다. 길섶에 넘어져 있는 시체 가운데에는 과거 자기와 같이 지내던 사람도 있을 것 같은데 확인할 기분은 아니었다.

밤낮 10일이 지나자 성 안의 참상이 들려왔다. 이제는 죽을 쑤어먹을 형편도 안되어 종이를 씹으며 공복을 삭이고 있다는 것이다. 소와 말은 모두 잡아먹고 마침내는 벽의 흙을 끓여 마 신다는 것이다. 자신의 오줌을 마시는 사람까지 생겼으며 그런 가운데에서도 혹 먹을 것이 있으면 칼을 휘두르는 무사들에게 우선 주고 병약자는 죽도록 버려둔다는 것이다.

총대장에 대한 소문도 흘러나왔다. 기요마사는 평소에 행전을 쳤었는데 그것을 버리고 각반을 감았다. 어느 날 아침 끈을 풀지도 않았는데 각반이 발목까지 풀려 내려갔다. 어제도 풀려 내린 것을 올려서 다시 매어 놓았는데 또 헐렁해진 것을 알았다. 다리의 살이 빠진 것이라 생각하고 각반을 풀어보니 넓적다리의 살은 없어지고 대나무 통과 같아진 뼈에 가죽만 붙어 있었다.

곁에 대령하고 있는 부장 오타(太田)는 태생이 거칠고 광대뼈가 튀어나왔으며 눈과 입도 남보다 큰 거인이다. 그런데 요사이 와서는 늘 갑옷을 입고 있다. 기요마사가 오랜만에 그 늠름한 얼굴을 보려고

"자네, 갑옷을 벗고 투구끈도 풀어서 그 얼굴 좀 보여주게."

라고 했다. 오타는

"아닙니다, 적의 기습에도 당황하지 않으려고 이렇게 하고 있으니까요……."

라고 대답하며 주저주저했다. 기요마사는 싫다는 것을 굳이 벗게 하고는 후회하였다. 용모를 뭣에다 비교할까? 옛 그림에 나오는 아귀 그대로였다. 총대장 기요마사는 배를 쥐고 웃었다. 그러면서 그의 두 눈에는 여태 한 번도 보인 적이 없는 눈물이 어리었다.

그렇다고 해서 일본군의 사기가 떨어진 것은 아니다. 양호

152

(楊鎬)는 이쯤이면 될 것이라고 단정하여 스스로 갑옷을 입고 선두에 서서 징을 치며 밀고 나갔다. 세 겹으로 둘러처진 목책을 태워 성의 바깥 둘레는 겨우 수중에 넣었지만 그보다 앞으로는 한 발자국도 나아갈 수가 없었다. 명나라 본국에서 가져온 화전(火箭)과 노포(弩砲)를 비오듯 쏘았지만 적도 강궁(强弓)과 창으로 맞섰기 때문에 이쪽의 사상자가 속출했다. 양호(楊鎬)가 문득 성곽 위를 쳐다보았다. 성 꼭대기에서 민첩하게 왔다갔다하며 군사를 독전(督戰)하는 한 장군, 눈부실 만큼 고운 초록빛 전포를 입고 순백의 작은 깃발이 올려 있다.

"저건 누구냐?"

마침 곁에 있던 사야카를 돌아보며 물었다.

"틀림없는 기요마사올시다."

라고 대답했을 때 기요마사는 흙담 위에서 걸음을 멈추고 은월도를 지팡이처럼 짚고 서서 풀무를 밟듯 발을 움직이며 공격수들을 내려다보았다. 양호(楊鎬)와 사야카의 모습에 시선을 던졌는지 아닌지는 모른다. 그러나 두 사람 모두 사천왕이 내려다보는 듯한 느낌을 받았다.

그날만은 사야카의 솜씨가 둔해져서 해질 때까지 거의 한 발도 명중하지 못했다. 곁에 있던 우마노쓰케는 그처럼 창백해진 자기 상전의 모습은 처음 보았다고 생각했다.

우마노쓰케 자신도 기이한 경험을 했다. 명나라 군사, 조선 군사들에게 섞여 제2누각의 돌담을 반쯤 기어 올라갔다. 정신

을 차려보니 개미떼처럼 달라붙었던 동료 병졸들은 떨어지거나
뒤떨어져 주변에는 아무도 없게 되었다. 성벽 꼭대기가 얼마
남지 않았는데 한 왜군의 병졸이 모난 큰 돌을 들고 던지려 했
다.

"시게주(茂十)야, 살려다오!"
라고 엉겹결에 소리쳤다. 돌을 들었던 적군의 얼굴에도 반가운
빛이 번지었다. 아소(阿蘇)의 목장에서 함께 징집되어 온 입대
동기병이었다.

"우마노쓰케구나. 여전히 못됐구나. 너 같은 놈의 때묻은 모
가지 하나 잘라 가 봐도 공로는 안된다. 그보다 뭐 배 채울
것 안 가졌나?"

우마노쓰케는 매달려 있으면서 힘껏 몸을 치올려 허리춤에
있던 휴대식 전대를 던져 올렸다. 시게주(茂十)는 재치있게 그
것을 받고 씽긋 웃으며 돌담 안으로 몸을 감추어 버렸다. 다른
사람들의 소식을 더 듣고 싶었지만 다시 나타나지 않았다. 아
쉬운 마음으로 돌담을 내려왔다.

호 속으로 되돌아와 살펴보니 게처럼 망가진 우군의 시체가
사방으로 흩어져 있어 발 디딜 틈도 없었다.

일본군 진영에서는 '밤벌이'라는 은어가 유행하였다. 그래도
여력이 있는 자들이 어둠을 틈타 성에서 빠져나와 싸느랗게 식
은 조선군 시체의 허리춤을 뒤져서 찐 쌀이나 육포 등 휴대용
식품을 가져갔다. 얼마 전까지만 해도 공로의 증거물로 목을

자르고 귀나 코를 베어내던 사람들이 지금은 수치고 체면이고 다 없어지고 말았다.

그렇게 해서 얻은 물품이지만 절대 독점은 하지 않는다. 밥을 지으면 공기에 퍼서 대장 앞으로 갖다 바친다. 기요마사는 이것을 자신이 먹지 않고, 당일 전투에서 훌륭하게 활약한 병사들을 불러 한 젓가락씩 입에 넣어 준다. 부장인 아사노(淺野)나 오타(太田)도 속뜻은 어떠하든 큰 사또처럼 따라 하지 않을 수 없었다.

그런 짓은 단 쇠에 물 뿌리기와 같다. 흙담 밑에는 굶은 사나이들이 넘어져 정신을 잃고 짐승이 우는 듯한 소리를 지르고 있다. 비가 내리면 가지고 있는 모든 옷가지를 비에 젖게 한 후 그것을 짜서 마시는 것이 유일한 즐거움이었다.

때마침 섣달 그믐께라 평시 같으면 어느 나라든지 술잔이라도 나누는 계절인데 눈은 안 내리지만 찬비가 계속되며 북풍이 거칠게 불었다. 추위는 적이나 우군이나 똑같지만 그래도 지붕 밑에서 잘 수 있는 일본군이 조금은 견디기 쉽다. 산과 들은 모조리 얼어붙어 명나라 군사나 조선군사 모두가 추위에 떨었다. 활의 명수가 손가락이 얼어 절반 가량이 활을 못 쏘게 되었다. 애써 모아 온 군마들도 싸우기 전에 얼어 병이 나서 폐사하는 바람에 그 수가 크게 줄었다. 처음의 기세는 어디로 가고 사기는 급속히 떨어졌다.

울산성을 포위한 지 반 달이 된 어느 날 저녁 때, 양호(楊鎬)

의 부관은 야영하는 병영 천막을 돌며 앞으로의 계책을 세우기
위한 작전회의가 있다고 알렸다. 정규의 장수 외에도 의병장이
나 항왜(降倭)의 대표까지도 참석이 허용되어 사야카도 말석에
자리하게 되었다.

전원이 모이기를 기다리지 못하겠다는 듯 양호(楊鎬)가 입을
열었다.

"적의 성은 생각보다 완고하여 쉽게 함락할 수 없을 것 같
소. 거기에다 밀정의 보고를 종합해 보면 조만간 죽도(竹
島), 안골(安骨) 등지에서 많은 구원병이 오는 것은 틀림없
을 것 같소. 여기서 눈앞의 승부에 집착하기보다는 차라리
장래의 대계(大計)를 강구해야 마땅할 줄 아오. 모두들 거리
낌없이 좋은 생각을 들려주시오."

말이 채 끝나기도 전에 경리(經理)의 접반사(接伴使)를 맡고
있는 이덕형(李德馨)이 반박을 했다. 평소 안색이 나쁘고 겸손
한 성품인데 그러한 태도는 아주 벗어던지고 진지한 뜻이 전신
에서 풍겨나오는 듯했다.

"이는 대장군의 말씀답지도 않습니다. 기요마사가 외로운 성
에 쳐박혀 포위되어 있는 것은 정녕 천명(天命)이 다한 것이
라고 할 수 있습니다. 이번 전투에서 그를 잡지 못하면 다시
는 기회가 없을 것입니다. 설령 구원군이 온다손치더라도
우리측에 이만한 대병력이 있는 한 섬멸하는데 아무 어려움
은 없을 것입니다."

양호(楊鎬)의 불그죽죽한 얼굴이 순간 더 붉어졌다. 이덕형을 똑바로 노려보며 말을 계속하는 양호의 태도에는 명나라 사람들이 조선인에 대해 누구나 보이는 거만함이 그대로 드러났다.

"그러하오나 날씨가 매우 가혹하오. 신병(神兵)이라 해도 천리(天理)에는 이길 수 없소이다. 여기서는 일단 포위를 풀고 철수하는 것이 상책이라 하는 거지요. 결전의 호기는 차후 얼마든지 있음이 분명하지 않소이까."

이덕형은 그 이상 항변을 하지 않았으나 미간에는 깊은 주름이 파여 불만이 역력하였다. 명나라측이나 조선측에도 이제 더 이상 자기 생각을 나타내고자 하는 사람은 없고 장내는 숨막힐 듯 무거운 공기에 싸였다.

한참의 침묵을 깨고 말석에서 한 소리가 났다. 막사 밖에서 쭈그리고 있던 우마노쓰케는 자기 귀를 의심했다. 한 번도 이런 장소에서 발언을 한 적이 없는 사야카의 목소리였다.

"두 분의 의견은 모두가 그대로 확고한 근거가 있어 둘 다 버릴 수 없다고 사료되옵니다. 하지만 여기서 서로의 낫고 못함을 논하기에는 사태가 너무도 긴박하지 않사옵니까. 신 참의 몸으로 외람됨을 무릅쓰고 감히 말씀드립니다. 두 안의 장점을 따서 이렇게 처리함이 어떠하오이까. 우선 성중(城中)에 사자를 보내어 화의를 제안하는 일이옵니다."

그때 양호는 바로 그거다 하는 투로 크게 고개를 끄덕였다.

그런데 조선측 부장들 사이에는 투덜대는 소리가 새어 나왔다. 사야카는 그러한 반응에는 상관하지 않고

"기요마사가 성에서 나오겠다고만 하면 굶주린 일본군에게 쌀을 주고 때를 보아 일본으로 송환할 배도 내어 줍시다. 당사자 기요마사에게는 조정에 상주하여 벼슬을 주고 이 나라의 귀족 반열에 넣어 준다는 언약도 합시다. 물론 이것은 일시적인 계략입니다. 다만 기요마사 정도의 인물이니 쉽게 속을지 모르겠사옵니다."

몸이 작은 만큼 그 당당한 논지, 깔끔한 어조가 저절로 돋보였다. 사람들이 차츰 사야카의 주장에 쏠려가는 기색을 우마노쓰케도 알 수 있었다.

"어찌되든 화의를 들고나서면 무조건하고 거부할 수는 없을 것입니다. 무슨 구실을 붙여서라도 하루 이틀 휴전하여 원군이 오기를 기다리는 것이 일본군의 속 뜻일 것입니다. 담판에는 이쪽에서 양경리(楊經理), 마제독(麻提督)이 나가시는 대신 저쪽에서도 기요마사 본인 이외에 대리를 인정할 수 없다고 전해야 될 줄 아옵니다. 장소는 남산에 있는 서당(書堂)쯤이 좋을까 하옵니다. 그쪽의 공자서당의 뒤쪽에는 큰 굴이 있어 병력 수십명을 감추어 둘 수 있사옵니다. 병사 가운데에서 힘이 센 장사를 골라서 숨겨 두었다가 틈을 봐서 일시에 회장에 들어가게 합니다. 관례에 따라 기요마사가 창을 가지고 오지 않는다면 그를 생포하는데 큰 어려움은 없을

것이옵니다."

사야카는 입술을 다물었다. 겸허한 체하지만 발그레 상기된
볼에는 자신이 넘치고 있었다.

그 자리에 있는 사람들이 더 떨기 시작했다. 이제야 명나라
사람, 조선 사람의 구분은 없어지고 각자가 입에서 거품을 뿜
으며 자기 생각을 내세운다. 사야카에 대한 반론은 별로 없다.
명나라나 조선의 수뇌들 체면을 손상시키지 않아 모두들 한시
름 놓았음이 분명하다.

이튿날 공격하는 측에서는 고의로 화살 한 개 날리지 않았
다. 한낮이 조금 지나서 다섯 명의 병사가 백기를 흔들며 조심
조심 성의 정문을 향해 다가갔다. 긴 장대를 잘 보이게 들고
장대 끝을 쪼개어 그 속에 서찰을 끼워 넣었다.

성문이 조심스럽게 열리고 신분이 높은 듯한 늙은 사무라이
하나가 나왔다. 서로 몸에 무기가 없음을 확인한 후, 군사(軍
使)들은 제1누각의 어떤 방으로 안내되었다.

응접을 맡은 자는 오타(太田)의 부하 시시도 모토쓰구(宍戸
元續)라고 자기 소개를 하며 새롭게 정중한 인사를 했다. 서찰
은 양호(楊鎬)가 손수 쓴 것으로 기요마사에게 보내는 것이다.
통역으로 따라간 박대근(朴大根)의 설명을 들은 후 모토쓰구는
일단 안으로 들어갔다.

반각(한 시간) 정도 기다리게 한 후 겨우 되돌아왔다. 자기
들 끼리의 논의가 분분했는 듯 보인다.

"우리 큰 사또께서는 다음같이 말씀하셨습니다. 그쪽에서 싸우고자 하면 싸움도 좋고 화친하자고 하면 화친도 좋다. 물론 쓸데없는 희생이 불어나는 것을 원하는 바는 아니다. 만일 포위의 일각을 풀고 다시 명나라 장군 하나를 인질(人質)로 보낸다면 기요마사 본인이 성을 나와 어디에든지 가서 담판에 응하겠다는 것입니다."

헬쓱하게 여윈 얼굴에 눈썹 위에 칼자국이 있는 노신(老臣)은 은근한 태도를 보이며 빙긋 웃었다.

세부절차를 위해서 서로가 두세 번 오고 갔다. 일본의 사자가 조선 진영에 왔을 때 술밥을 내어놓자 정신없이 먹어 치웠다. 그리고 친숙해진 듯이 잡담을 하고 돌아갔다. 쌍방에서 별 이견이 없어지고 1월 3일 아침, 남산에서 회견할 기약이 성립되었다.

2일 자정(子正)이다. 우마노쓰케는 낮의 피곤 때문에 정신없이 자고 있었는데 별안간 몸을 흔드는 사람이 있었다. 놀라 눈을 뜨는 것과 동시에 여자같이 부드러운 손바닥에 입이 막혀 소리도 지를 수 없게 되었다.

우마노쓰케는 재빨리 일어나 명석 위에 꿇어 엎드렸다. 상대가 누군가를 물을 필요가 없었다. 우마노쓰케는 사야카의 신변을 돌보게끔 막 하나 사이의 이웃에서 자고 있었기 때문이다.

사야카는 목소리를 죽여 짧게 명령했다.

"따라 오너라."

　대답을 들을 생각도 안하고 사야카는 등을 돌려 진영을 빠져 나갔다. 다른 부하들의 눈에 띄지 않도록 걷는 모습은 고양이 같이 가벼웠다. 그러고 보니 이 심야에 행선지도 모르면서 그 대로 충실하게 뒤를 따르는 우마노쓰케 자신은 잘 길들여진 개 와 다를 바가 없다고…… 손바닥으로 자기 뺨을 쳐 잠을 쫓으 며 혼자 자신을 조롱했다.

　수일간 계속된 화평교섭 때문에 초병들이 뜸해진 것이 다행 이었다. 만약 발각된다 해도 이 두 사람에게 의심을 품는 사람 은 없을 것이다. 달은 없고 큰 나무 잔 가지 끝에 얼어붙은 듯 한 별이 반짝이고 있었다. 왼쪽에 희게 보이는 것이 태화강(太 和江) 물줄기다. 시루 같은 모양의 돌담이 손에 닿을 듯 가까 워졌다. 어김없이 성을 향해 걸어가는 것이었다.

　이때서야 두 사람 모두가 아무 무기도 가지지 않은 맨손이라 는 걸 깨달았다. 새 사또를 호종(扈從)하는 동안 잊은 적이 없 는 조총 궤짝도……, 이제 다시 가지러 갈 수도 없는 처지였 다. 이거야 오늘밤에는 무사히 끝날 수가 없구나 싶어서 비로 소 뚜렷하게 죽음을 의식했는데 이상하게도 두렵지가 않았다.

　길은 오르막이 되었다. 제3누각으로 통하는 비탈에 들어선 것이다. 우마노쓰케의 반밖에 안되는 키의 사야카가 걸음을 재 촉하는 바람에 따라가는 데 땀이 날 정도였다.

　고갯길은 끝났다. 성의 뒷문을 막아 세워놓은 거대한 통나무 문짝이 우뚝 눈앞에 솟아 있다. 밤중이라 하지만 아무런 장애

없이 두 사람이 여기까지 오게 된 것은 실로 기적이라 할 수 있었다. 상처입은 사람의 피부같이 화살과 총알에 흠이 난 통나무 문으로 다가선 사야카는 나무 틈에 입을 대는 듯이 하여 안으로 말을 전했다.

"문 안에 계시는 분에게 조용히 말씀드리고 싶습니다. 나는 전에 가토(加藤) 문중에서 녹을 먹은 오카모토(岡本)라는 사람입니다. 사연이 있어 달아나 오래도록 조선에 거주하고 있습니다. 이번에 반드시 말씀 올리지 않으면 안될 일이 생겨서 전후 가릴 겨를도 없이 왔습니다. 큰 사또나 원로신(元老臣)을 뵈올 수 있도록 해주십시오."

적을 향해 외치는 태도가 아닌 침착한 목소리였다. 그렇기는 하지만 주위가 하도 조용하기 때문에 당번병이라도 있다면 당연히 들었을 것이다. 사실은 두세 사람이 급히 오가는 발자국 소리가 났지만 곧 내부는 다시 죽은 듯한 정적에 묻히었다.

그대로 반각(한 시간)이나 서 있었다. 완전히 무시된 것일까 하고 우마노쓰케는 생각했다. 말(馬)보다 강건하다는 자신의 다리도 저려오기 시작했다. 사야카는 그래도 생각되는 바가 있는지 참을성있게 기다렸다.

갑자기 바로 위에서 가느다란 빛이 움직이는 듯했다. 문으로 봐서 왼쪽에 망루가 솟아있었다. 쳐다보니 그 가장 높은 곳의 창가에 한 사나이가 목을 내밀고 있다. 뜻밖에도 기요마사 본인이었다. 호위병은 데리고 있지 않은 모양인 듯 손수 한쪽 손

에 관솔불을 들고 있다. 텁수룩하게 자란 구레나룻에 흰 것이
섞여 있지만 정력적이고 사나운 그 면모에는 변함이 없었다.
더구나 오랜 식량공격의 고초 속에서도 쇠약함이 보이지 않았
다.

"어허, 책미치광이 어른, 오랜만일세. 그 후 일본에 없는 진
귀한 서적 많이 모았는가?"

마치 어제 헤어진 친구라도 만난 듯한 거리낌없는 말투다.
이어서 곁에 있는 우마노쓰케를 보고

"마침내 호랑이 사냥의 본바탕에서 살게 되었구나. 그 후 몇
마리나 불알 움켜쥐어 터뜨려 죽였느냐?"

장난꾸러기 아이 같은 표정으로 입을 비죽거리며 빙긋이 웃
었다.

사야카는 전날의 상전에 대한 사무라이의 예법대로 무릎을
꿇고 절했다. 그리고 말했다.

"예, 창졸간이기는 하나 약간 수집하였사옵니다. 큰 사또께
직접 보여드리지 못함이 유감스럽사옵니다."

여기서 사야카는 잠시 말을 끊고 뒷걸음치는 태도를 보였다.
다시 입을 열었는데 목소리는 한결 어두워졌다.

"이렇게 찾아뵙고자 한 것은 다름이 아니옵니다. 내일의 회
맹(會盟)에는 결코 나아가시면 아니 되옵니다. 명나라는 대
국이고 조선도 예의를 숭상하는 나라라 모두 거짓을 좋아하
지는 않사오나, 본래 군사계략은 속임수가 바탕이옵니다. 회

견하는 자리에 힘센 장사들을 숨겨 두었다가 무리하게 납치한다면 마음으로 아무리 용맹을 떨치려 하셔도 어찌 할 도리가 없을 듯하옵니다. 만일 아무래도 참석하시지 않을 수 없는 기약이라면 아사노(淺野), 오타(太田) 두 분 가운데 한 분을 대신 보내십시오. 중국인은 큰 사또의 얼굴을 가까이에서 본 적이 없사온즉 위급한 장면을 면할까 하옵니다."

기요마사의 입술에서 웃음이 사라졌다. 잠시 생각하는 체하더니 언제나처럼 활달한 모습으로 되돌아가

"모처럼의 충고이나 죽고 사는 것은 운명이다. 인간의 잔꾀에 의해 어떻게 되지도 않을 걸세. 내일 아침 예정대로 간다. 당장 되돌아가 명나라의 장군에게 그리 전하게."

대답을 마치자 큰 사또의 모습은 창 안쪽으로 사라졌다. 관솔불에 비추어졌던 주변도 다시 뿌연 밤안개에 잠기었다.

이제는 아무도 없는 망루의 꼭대기를 향해 사야카는 한 번 절을 했다. 그의 눈은 조금 전까지의 생기가 사라지고 불투명한 잿빛 장막에 싸인 듯한 인상을 주었다. 그때가 되어서야 우마노쓰케는 벌벌 떨고 있는 자신을 발견했다.

새 사또는 진영 숙소에 돌아오기가 무섭게 코를 골기 시작했다. 반대로 우마노쓰케는 평소에 없던 일인데 좀체로 잠이 오지 않았다.

날이 밝음과 동시에 공격군은 포위의 일각을 풀었다. 경리(經理)를 필두로 중요한 면면들은 빠짐없이 남산의 서당에 나

아가 위엄을 갖추어 기다렸다. 사야카도 깨끗한 관복으로 갈아
입고 말석에 참석하였다.

정각이 지나도 성에서는 사람이 나오는 기미가 보이지 않았
다. 왜인은 역시 신의가 없다고 모두가 매도하였다. 준비한 술
과 안주를 그대로 두기 아까워 저녁부터는 때아닌 주연으로 바
뀌었다.

훨씬 뒤에야 포로를 심문하는 과정에서 일의 진상이 드러났
다. 포로의 고백에 의하면 일본측에서도 같은 계책이 있었다고
한다. 맨손으로 나가는 수행원 가운데에 씨름이나 합기도의 고
수들을 섞어 잔치가 한창일 때를 봐서 명나라와 조선의 장수들
을 모조리 포박하려 했다고 한다.

약속을 파괴한 책임이 어느 쪽에 있느냐고 느긋하게 논의할
겨를이 없었다. 심히 늦기는 하나 구원병들이 속속 들이닥친
것이다. 구로다(黑田) 가이(甲斐)태수의 600명은 양산(梁山)에
서 달려와 하치스가(蜂須賀) 아와(阿波)태수의 2,200과 합세하
여 제일 먼저 울산 근교에 들어왔다. 우키다(宇喜多) 주나곤
(도승지), 모리(毛利) 나가토(長門)태수의 2만명도 부산포에서
육로로 출발해서 사흘만에 성이 보이는 위치에 진을 쳤다. 멀
리 순천(順天)에 있던 고니시(小西) 셋쓰(攝津)태수, 토우도(藤
堂) 이즈미(和泉)태수마저 수군을 독려해 울산 앞바다에 닻을
내리었다. 공격과 수비의 위치가 바뀌어 명나라와 조선의 연합
군이 거꾸로 포위될 형세가 되었다.

4일 아침, 양호(楊鎬)는 최후의 돌격에 모든 것을 걸고 사방에서 성문으로 돌격하게 했다. 그러나 사상자가 너무 많았기 때문에 퇴각을 명령하였다. 해가 지자 전원이 장비를 버리고 경주를 향해 밤새도록 행군하였다. 태화강을 거슬러 올라가던 90척의 일본 군선이 곧 이것을 알아차리고 급히 추격하여 명나라 절강(浙江)군의 정예를 수장시켰다. 사야카의 조총부대는 후퇴에서 제일 후미를 맡도록 명령받아 어둠 속에서 진눈깨비를 맞으며 이따금 조준도 없이 총을 쏘면서 겨우 탈출하였다.

조령을 넘어서 한양으로 돌아와 세어보니 전사자 1,400명, 부상자가 3,000명에 달하였다. 더구나 양호(楊鎬)와 마귀(麻貴)는 피해를 감춰버리고 완전한 승리를 거두었다는 거짓 보고서를 북경(北京)으로 보냈다. 조선 관리 중에는 분개하는 사람도 있었지만 입 밖에 낼 수 있을 만큼 대담한 사람도 없었다. 명나라 황제는 속아서 기뻐하며 백금을 하사하고 두 장군의 노고를 위로했다. 따로 은 10만냥을 보내어 장병을 위로하게 했다.

명나라의 원정군 사이에서는 이러한 거짓을 수치스러운 일이라고 비난, 불평하는 소리가 높아갔다. 참획주사(參劃主事)의 직책에 있는 정응태(丁應泰)는 몰래 장계(狀啓)를 올려 패전의 실상을 곧이곧대로 명나라 조정에 알렸다. 신종(神宗)은 믿는 도끼에 발등이 찍혔다면서 크게 노하여 양(楊)과 마(麻)를 참수하려 했다. 강적을 앞에 두고 집안에 불상사가 생기는 것은 곤란한 일이다. 조선왕이 수차에 걸쳐 글을 보내어 변명과 함

께 관용을 베풀어 주십사 부탁을 한 결과 파직으로써 일단락되
었다. 경리(經理)의 후임으로는 천진순무(天津巡撫)인 만세덕
(萬世德)이 임명되어 곧 부임했지만 군사들의 사기는 떨치지
않았다.

　그렇게도 완강하게 지키던 울산성을 가토 기요마사(加藤淸
正)는 아무런 예고도 없이 포기하였다. 건물을 모조리 불태운
뒤 부산포로 퇴각하였다. 서생포(西生浦), 죽도(竹島), 양산(梁
山) 등지에서도 이와같이 하여 날마다 군량과 무기를 배에 실
었다.

　그 해 7월 초, 태합(太閤 ; 히데요시)이 사냥에 나갔다가 더위
를 먹어 중태에 빠졌다는 풍문이 나돌았다. 또는 남만국(南蠻
國) 사람들이 히라도(平戶)라는 곳에 상륙하여 약탈을 하기 때
문에 돌아가야 한다는 등 그럴듯하게 설명하는 자도 있었다.
어느 것이 옳은가. 동정군(東征軍)의 본영에서도 판단하기 어
려웠으나 7년 동안 계속된 전쟁이 종식을 향해 움직이고 있다
는 것만은 분명했다.

　일본군들은 오랜만에 고국으로 돌아가는 것이 기뻐서 어느
포구에서든지 배의 동체에 장식막을 둘러치기도 하고 남은 화
약으로 불꽃놀이를 하며 신분의 상하를 가릴 것 없이 밤마다
술타령에 빠졌다. 11월 24일이 되어 기요마사는 가지마(鍋島)
미노(信濃)태수와 함께 닻을 올렸고, 다음 날인 25일에는 모리

(毛利) 이키(壹岐)태수, 이토(伊東) 민부대보(호조참판) 등도
뒤따랐다. 소문은 사실이었다. 히데요시는 기침과 이질에 걸려
서 이미 8월 18일에 후시미성(伏見城)에서 숨을 거두었다는 것
이다. 기요마사 등은 하카다(博多)에 도착하자 그 길로 오사카
(大阪)로 달려가 6세밖에 안되는 새 주군(主君) 습득(拾得)이
히데요리(秀賴)를 알현하고 히데요시의 죽음을 애도하였다. 히
데요시는 늦게 후실에게서 자식이 생겼기 때문에 주워온 자식
이라는 뜻으로 습득이라 부르며 귀여워했었다.

우마노쓰케는 일종의 형언할 수 없는 쓸쓸한 감회에 젖어들
었다. 어제까지는 비록 적으로서 대했지만 20만의 일본인들이
조선의 산야에 득실거렸었다. 손을 뻗치면 피부에 닿을 수 있
고 귀를 기울이면 특유의 그 고향 사투리를 들을 수 있었다.
지금은 주위에 소수의 동료들 외에는 아무도 없다.

새로이 점검을 해보니 600여명이나 되던 일본인들이 반수도
채 안되는 300명 정도였다. 전사하거나 나름대로 줄을 달아 다
시 일본으로 돌아갔을 것이다. 농부 출신의 조선 병사들은 제
각기 고향을 찾아 흩어져 갔고 명나라의 동정군(東征軍)도 해
체되어 압록강 너머로 건너가 버렸다.

사야카와 그 부하들은 대구(大邱)의 남쪽, 우록(友鹿)이라는
한촌(寒村)으로 이동되었다. 일본의 세번째 침공이 있을지도
모른다는 우려 때문에 경계태세를 유지하기 위함이라고 했다.
그러나 사실은 무용지물(無用之物)이 되어버린, 이 투항해온

일본인들을 처리하기에 어려움을 겪은 나머지 취해진 조치일지도 모른다.

우록(友鹿)은 경상도 감영이 있는 대구에서 30리, 자신들의 고향 히고(肥後)로 치면 구마모토(隈本)성과 아소(阿蘇)와 같은 거리다. 만일 변란이 일어나면 근거지로서 방어하기 썩 좋은 곳이다. 삼성산(三聖山), 팔조령(八助嶺), 우미산(牛尾山)이 병풍처럼 둘러있는 아름다운 경치는 고향을 생각나게 한다. 불을 내뿜는 화산(火山) 구멍이나 온천은 없지만 산줄기 여기저기에 약수가 솟아나 전쟁에서 입은 상처나 속병을 치료하는데 효과가 있다. 마을이라고는 이름뿐이고 숯 굽는 오두막이 하나 있을 뿐 다른 민가는 보이지 않았다. 당국에서 사람의 자취도 보기 힘든 불모의 땅에다 사야카의 무리를 보내는 것은 귀찮은 것을 밀쳐내는 한편 개간을 시키는 일석이조를 노리는 그릇된 속셈이라는 의심을 자아내기도 했다.

"밤나무가 많이 자라고 있으니 상서로운 징후다. 협곡같지만 협곡이 아니군. 물은 그다지 깊지도 않으며 맑구나. 사자의 모습을 닮은 바위 동쪽에는 누런 학 같은 봉우리가 가로놓여 있다. 옛 서적에 나오는 이상향이 아닌가."

하고 새 사또 사야카는 첫발을 들여놓으며 기뻐하듯 말을 했다. 미지의 장래를 앞에 두고 불안해 하는 부하들을 격려하기 위해 꾸민 것만은 아닌 듯 생기가 넘쳐 있었다.

노장(老長)인 우에지마 기사부로(上島喜三郎)를 비롯하여 모

두가 갑옷을 벗고 괭이를 잡았다. 시지마 노리쓰케(志島勝介),
오세키 시게우에몬(尾關甚右衛門), 미키세이하치(三木淸八) 등
100석의 녹봉을 받던 수명을 제외하고는 모두가 아소(阿蘇) 골
짜기에서 나무꾼 또는 목동을 하던 사람들이다. 가지고 있던
화약으로 바위를 깨고 나무등걸을 캐내어 논밭을 일구었다. 집
을 지을 때에는 이웃마을 단산동에서 도와주기도 했다. 2년째
되던 해에는 적지만 모내기도 시작하여 둔전병(屯田兵)으로서
성공한 셈이었다.

5년이 지난 여름, 어떤 소문이 이 산마을에 흘러들어왔다.

"비왜(飛倭)가 달아났다!"

벼슬아치나 백성들 할 것 없이 한양에서 충청·경상도로 이
어지는 길목에 사는 사람들은 모두가 두려움에 싸여 수군거렸
다. 겨우 평화에 젖어들려 하는 때라, 참말 거짓말이 뒤섞인
이 소문은 또다시 난리가 일어나지 않을까 하는 공포심에 민심
이 흉흉하였다.

평안병사(平安兵使)로서 부원수(副元帥)를 겸했던 이괄(李
适)이란 무관이 있었다. 인조반정(仁祖反正)의 논공행상 인사
에 불만을 품고 반란을 일으켰다. 한때 한양을 점령하는 기세
를 올렸으나 패하여 목이 잘리었다.

이 나라에서 가끔 일어나는 파벌항쟁의 하나로 크게 이상할
것도 아니다. 이괄(李适)의 부장(副將) 서아지(徐牙之)의 본명
은 다하라 시치로자에몬(田原七郎左衛門), 그 근본바탕을 밝히

면 우키타 히데이에(宇喜多秀家)의 부하다. 사야카보다 일찍이 투항하여 조선군에 편입되었다. 비왜(飛倭;날개달린 왜놈) 혹은 비장(飛將)이란 별명을 받을 만큼 몸놀림이 민첩하다. 특히 보검 두 자루를 비장하여 늘 몸에 지니고 있어 100만의 군사에 맞설 수 있다고 호언한다. 이번에도 달아나던 중 숙식하는 주막마다 칼을 휘둘러 사람을 해친다는 소문이 전해져 관리들도 모두 두려워 피하며 감히 체포하려고 나서는 사람이 없었다.

왕은 체면에 관한 것이라 경상도 좌우(左右) 병마절도사(兵馬節度使)에게 명을 내려 잡게 하였다. 양 절도사는 낙동(洛東) 나루터 양쪽 언덕에 병력을 배치해 놓고 역졸을 관장하는 찰방(察訪)을 불렀다.

"서아지는 수하들을 데리고 반드시 이 강을 건널 것이다. 그놈이 오거든 배에 태워 물살을 핑계삼아 절벽 밑으로 배를 몰아가거라. 그렇게 되면 제놈은 어디로 나갈 수도 없고 독안에 든 쥐라, 이 때 대군으로 포위하면 쉽게 잡을 수 있을 것이다."

계책을 받은 찰방은 나루터를 담당하는 역졸들을 단속하여 기다리고 있었다. 이틀 후에 과연 서아지가 나타나 배를 탔다. 사공들은 미리 명령받은 대로 배를 절벽 쪽으로 저어 가려는데 눈치를 챈 서아지가 칼을 뽑아 단칼에 베고자 하니 사공들은 벌벌 떨며 배를 똑바로 건너편으로 닿게 하였다. 서아지가 선두에 서서 말을 달리고 그를 따르는 100명 남짓한 구일본병도 모두 사나웠다. 조선군의 방어선을 뚫고 질풍같이 달리니 관병 (官兵)들은 겁에 질려 앞에 나서려는 사람이 없었다.

이러한 풍문이 도는 가운데 낯선 나그네 하나가 우록(友鹿) 을 찾아왔다. 메밀만두 장수라고 하는데 거친 손마디며 괄괄한 동작으로 봐서 액면 그대로 받아들일 수는 없다. 사람들의 눈 을 피하는 듯하며 날이 저물 때 사야카의 집에 와서는 주인을 직접 보자고 청했다. 그는 한 통의 서찰을 사야카에게 전했다.

"모든 것 자세히 알았습니다. 시치로자(七郎左) 어른께 잘 전해 주십시오."

옆방에서 숨을 죽이고 엿듣고 있던 우마노쓰케의 귀에 들린 것은 사야카의 이와 같은 일본말 대답뿐이었다. 서찰은 즉시 화로에 던져져 재가 되었기 때문에 아무도 그 내용을 알 길이 없었다. 하룻밤 자고 가라는 것을 뿌리치고 그 낯선 사나이는 캄캄한 바깥으로 뛰어나가고 말았다.

낙동(洛東)의 나루터를 지나간 이후 서아지(徐牙之)의 소식 은 다시 묘연해졌다. 그러나 그가 일본으로 되돌아가려 한다면 반드시 바닷가를 향해 움직일 것은 틀림없다. 시지마(志島)나 미키(三木) 등 일할 만한 사람들이 돈을 가지고 어디론가를 향 해 떠나갔다. 낙동강 하구인 김해(金海) 포구로 가는 길목의 중요 주막에 일러 술과 고기를 잔뜩 준비하게 하여 항복한 왜 인들이 들르거든 실컷 대접하도록 했다.

한 발 늦추어 사야카도 집을 나섰다. 우마노쓰케 한 사람만 데리고 떠났는데 칼이나 창은 말할 것도 없고 그가 언제나 신변에서 멀리하지 않았던 조총 궤짝도 두고 가는 그야말로 맨몸이었다. 별로 서둘지 않는 걸음걸이로 소백산 줄기의 몇 개 고개를 넘어 낙동강 왼쪽 언덕에 다다랐다. 여기서부터는 넓은 평야의 길이고 강폭도 넓어졌고 백사의 갯벌이 계속되었다. 해오라기나 황새 속에 섞여 갈매기 우는 소리가 들리니 바다가 가까운 모양이다.

이틀째 오후, 밀양(密陽) 성내를 통과했다. 밀양 성내에서 조금 떨어진 작은 둔덕 자락에 대숲이 우거졌다. 그 앞 한길 저쪽에서 100명 가량의 사나이들이 걸어오고 있었다. 대열은 정연한데 깃발도 군복도 더럽혀질대로 더럽혀졌으며 어딘가 피비린내가 풍기는 듯했다. 이런 형상들이라면 틀림없이 의심받을 터이지만 뒤따라 쫓는 역졸 한 명 없었다.

사야카는 주저하지 않고 대열 가까이 다가갔다.

대열 중간쯤에 말을 타고 있던 거구의 사나이가 말에서 뛰어내렸다. 투구는 벗어 뒤로 메고 맨머리에 드러난 조선 상투까지 한여름 먼지로 뽀얗게 덮여 있었다.

"잘못 봤으면 용서하십시오. 거기 계시는 분은 오카모토 사야카 나으리가 아니오이까. 급히 귀국을 권유한 무례함을 탓하지 않으시고 잘도 오셨습니다."

말은 그렇게 했지만 독수리 같은 그의 눈에 일순 의혹의 그림자가 스쳤다. 자기 키의 거의 반밖에 안되는 어린애 같은 체구에 놀랐을 것이다.

"일부러 초청해 주셔서 황공합니다. 아무것도 일이 손에 잡히지 않아 곧장 달려왔습니다."

젊은 새 사또도 정중히 읍을 했다.

서아지(徐牙之)는 조급한 성품인 듯, 금방 얼굴을 붉히며

"어허 그래요, 오카모토 나으리, 물자에 궁핍함은 겪지 않습니까? 얼마 전까지만 해도 일본 사람이 쓸어버릴 만큼 많았었는데 전쟁이 끝나고 보니 나 혼자뿐입니다. 이제 미칠 것 같아서 전후 사정 가릴 것 없이 달아나 왔습니다."

사야카의 의중을 탐색하는 듯 여기서 말을 끊었다. 두 사람은 잠시 마주보고 있었는데 둘 다 눈에는 조금씩 눈물이 번지기 시작했다.

먼저 눈길을 돌린 것은 거구의 사나이였다. 사야카의 윤기있는 입술이 다시 움직이기 시작했을 때에는 거기서 나오는 음성은 온수처럼 사람의 마음을 녹이는 힘이 있었다.

"시치로자(七郎左) 나으리나 나나 같은 일본 사람입니다. 나는 이미 이 나라에 목숨을 맡겼으며 자손까지 남기고자 합니다. 그런데 당신은 불행하게도 역적 이괄(李适)의 수하 사람이라는 수렁에 빠졌습니다. 여기 머물러 있어도 살아남을 길은 없습니다. 가령 김해(金海)에서 배를 얻어 일본으로 간다 해도 한 번 조국을 배반하여 조선에 항복한 신세로서 온전할 희망도 없습니다. 그러니 당신에게 안주할 곳은 없습니다.

174

이 곳에 남는 것이나 일본으로 가는 것도 모두 운명에 맡기어야 합니다. 이제 막 얼굴을 맞대었는데 금방 헤어져야 합니다. 그러나 오늘은 낮부터 종일 술이나 마십시다. 그것도 즐겁지 않으십니까."

서아지의 땀투성이 얼굴에도 여유 같은 인상이 되살아났다. 눈도 코도 마구 일그러뜨리며 웃는데 지금까지의 사나운 모습과는 달리 묘하게 순진한 표정으로 바뀌었다.

"사실은 도중의 여관이나 주막에서 가끔 술과 밥을 제공받았으나 독해를 염려한 나머지 먹지 못하고 왔습니다. 모처럼 당신이 직접 권하는 것이니 사양하지 않고 먹겠습니다. 쇠약해진 내 부하들에게도 먼 여행길을 앞두고 마지막 호강을 시켜 주십시오."

사야카가 발길을 돌리자 서아지도 뒤를 따랐다. 10년 사귄 친숙한 사이처럼 어깨가 닿을 듯 나란히 장터거리 쪽으로 되돌아갔다. 좀 뒤에 떨어져 있던 부하들과 우마노쓰케의 귀에도 두 사람들의 이야기가 조금씩 들리었다. 일본에서의 지난 날 사연이며 서로의 자기 근본에 대한 것들을 말하는 듯 유쾌한 웃음소리도 터져나왔다.

밀양(密陽)은 영남 전체에서 다섯 손가락 안에 꼽히는 번화한 곳인데 이 날만은 길거리에 사람들의 모습이 별로 없었다. 시가지 중심지대인 듯한 네거리에 큰 객주집이 보였다. 백발이 성성한 60대의 주인이 안에서 뛰어나왔으나 손님이 많고 그 몰골들이 이상한 데 놀라 얼굴에 당황하는 빛이 보였다. 사야카가 자기를 소개하자 그제야 조금 마음이 놓이는 듯했다.

"말씀하신 음식들은 다 갖추어 놓았심더."

라고 대답했다. 그리고 자신이 앞서 안뜰을 지나 별채의 아늑한 방으로 인도하였다. 툇마루가 깔린 긴 집에 방이 여러 개 있었는데 숙박하는 나그네는 하나도 없는 듯했다.

방 안에 들어가자 사야카는 서아지를 아랫목 상좌에 앉히었다. 피곤한 듯 포단 위에 엉덩이를 붙였지만 긴 칼, 작은 칼 두 보검은 그대로 허리춤에 꽂혀 있었다.

사야카는 객주집 주인에게 물어 뒷간에 갔다. 소피를 마치고 나오려 할 때 뒷간채 모퉁이 으슥한 곳에서 기다리던 우마노쓰케가 미리 준비한 물건을 살짝 사야카의 손에 쥐어 주었다. 그것은 흔한 참외 한 개다. 속은 다 도려내어져 있다. 고향 아소(阿蘇) 골짜기에서 예로부터 전해오는 술깨는 방법에 의하면 술을 마시는 체하면서 참외 속에 술을 부어 스미게 하면 아무리 긴 술자리에서도 취하지 않는다고 한다. 사야카는 그것을 품속에 넣어가지고 시치미를 떼며 방안으로 돌아와 앉았다.

객주집 계집종이 술상을 차려왔다. 나전칠기 큰 상에 갖가지 안주가 놓여 있었고 백자 술병에는 흰 술이 가득 담겨있었다. 쇠고기·돼지고기에 대구·갈치 등 상이 비좁도록 놓였고 일본사람들이 좋아하는 것을 생각했는지 도미나 건포 찢은 것도 있었다. 술상을 들고 온 계집종이 달아나듯 물러가자 두 사람은 흥금을 열고 술잔을 주고 받으며 담소했다.

여러 사람이 떠드는 소리와 노랫가락도 들려왔다. 부하들은 넓은 대청과 마당에서도 크게 한판 벌이고 있을 것이다. 우마노쓰케도 여기에 섞여 있음은 물론이다.

가끔 계집종이 나타나 빈 술병을 가져가고 술이 가득찬 새 술병을 놓고 갔다. 세 병째의 술병이 반쯤 비워졌을 때 서아지는 허리에 찼던 두 자루의 칼을 끌러 자기 뒤 벽에다 기대 세웠다.

사야카는 술이 센 편은 아닌데, 품속에 감추어 있는 참외를 쓸 필요도 없이 좀체로 취하지 않았다. 오히려 큰 사발로 마시면 마실수록 정신은 더욱 말끔해졌다. 반대로 서아지는 어느 선까지를 넘기자 급속도로 취기가 심해졌다.

여러 사람들과 함께 있던 우마노쓰케가 두 사람의 방에 들어왔을 때 비장(飛將)은 이미 곤드레가 되어 천둥같이 코를 골고 있었다. 상전의 눈짓을 받자 발소리를 죽여 벽에 기대어 세워진 칼 중 큰 것을 안고 마루로 나갔다. 마당 한 구석에 못이 있는데 우마노쓰케는 그 칼을 못 가운데 가장 깊은 듯한 곳에다 던져버렸다.

다시 방으로 돌아왔을 때 서아지의 코고는 소리는 더욱 높았다. 단검은 이미 사야카의 손에서 칼날을 드러내고 있었다.

맨손이라면 목장에서 단련시킨 뚝심으로 자신이 있다. 두 사람은 서아지를 포위하는 형태로 양 옆에 서서 어깨를 흔들어

깨웠다. 서아지는 무거운 눈꺼풀을 겨우 뜨더니 본능적으로 허리에 손이 갔지만 거기에는 이미 아무것도 없었다. 우마노쓰케는 아예 무시한 채 사야카에게 가벼운 미소를 보이며

"오카모토야, 멋지게 베어라."

할 뿐 귀찮다는 듯 눈을 감았다.

서아지의 염려는 적중했다. 사야카는 멋지게 서아지의 목을 베지 못했다. 칼을 쓰는 것이 난생 처음이라고 할 수 있어 몇 번이고 되풀이하고 우마노쓰케도 거들어 겨우 서아지의 목이 떨어졌다.

피가 뚝뚝 떨어지는 칼을 들고 서아지의 부하들이 있는 대청 쪽으로 가니 대부분 이미 달아나고 없었다. 별채에서 흘러나오는 피비린내와 이상한 소리에 낌새를 채고 제 갈대로 가버렸다. 10명 정도 남았는데 서아지의 깊은 은혜를 입어 죽음을 함께 하자는 자이거나 너무 취해 일어설 수 없는 자들이었다. 사야카와 우마노쓰케는 이들을 차례로 해치웠다. 사야카는 이제 신바람이 나서 그들을 처치하는데 큰 어려움이 없었다.

三

날개달린 왜장의 목을 베고 그 잔당을 소탕한 일은 한양의 조정을 크게 감동시켰다. 울산에서의 활약은 명나라나 조선의 관민들이 모두 함께 한 것이니 사야카만을 특히 상줄 것은 없

다고 누구나 생각했다. 사야카의 신변에서 사라지지 않았던 의혹과 부정적인 쑥덕공론은 이제 깨끗이 없어졌다.

청도(淸道)·창원(昌原)·영산(靈山) 등지에 흩어져 있는 서아지의 땅과 그에 딸린 백성·노비들을 모두 몰수하여 사야카에게 하사한다는 교지가 내렸다. 어느 날 아침, 갑자기 수천 석의 부자가 된 셈이다.

동시에 정이품(正二品) 정헌대부(正憲大夫)의 품계를 내린다는 교지도 받았으니 이제야 관작으로서도 광영스러운 양반으로서 확고부동한 지위를 획득했다.

이렇게 되자 언제까지나 조선식 발음의 이름인 '사야가(沙也可)로서 행세하기에는 구색이 맞지 않았다. 국왕이 친히 지혜를 짜내어 조선인다운 이름 김충선(金忠善)이가 어떨까 하는 하명이 계셨다. 본관(本貫)은 히고 구마모토(肥後隈本)를 그대로 쓸 수도 없으니 김해(金海)로 하라고 정해졌다. 김해는 일본에서 가까운 포구이고 바다에서 나타난 사나이에게 적합하지 않느냐 하는 뜻이었다. 김해김씨(金海金氏)는 가라(加羅)의 옛시대에서 뿌리가 뻗어온 삼한갑족(三韓甲族)으로 당연히 문제가 제기될 듯했으나 별로 이론을 내세우는 사람이 없었다. 세세한 일에 따져 들려고 하지 않는 이 나라 풍속 때문일지도 모른다.

개명(改名)은 부하 일당의 말단까지 실시되었다. 우에지마 기사부로(上島喜三郎)는 김계수(金繼守), 시지마 노리쓰케(志島勝介)는 김계충(金繼忠)으로 각기 이름을 고쳤다. 우마노쓰케(馬之介)도 알맞는 글자가 없어 어색했던 '오마(烏摩)'라는 이름에서 겨우 해방되어 김대기(金大器)라는 좀더 그럴듯한 이름이 주어졌다.

왕명을 전하러 온 아전이 묘하게 쓴웃음을 얼굴에 짓는 것이 좀 마음에 걸리었다. 2,3일 후에야 그 수수께끼가 풀렸다. 우마노쓰케의 얼굴이 길쭉하여 말상이고 다리도 길어 달리기도 잘하는 말 같은 사나이라 그의 성기(性器)도 말처럼 거대할 것이라는 생각 때문에 대기(大器)라 했다는 것이다. 우마노쓰케는 속으로 애가 달았지만 나라에서 내린 이름을 반납할 수도 없었다.

충선(忠善)은 바야흐로 서른 두 살이다. 나이가 아무리 많아도 아내가 없는 사람은 총각이라 하여 어린이 취급을 당하고 머리카락도 상투를 틀지 못하고 땋아야 하는 관례가 있다. 박진(朴晉)으로부터 이야기가 있어 갑자기 신부를 맞이하게 되었다. 정상품(正三品) 진주목사(晉州牧使) 장춘점(張春點)의 딸로 금년 16세의 춘운(春雲)이란 아가씨다. 중매나 잔치 준비는 모두 박진(朴晉)이 했을 뿐 아니라 모든 일에 어버이 대신으로 돌보아 주었다.

혼례 직후, 대기(우마노쓰케)의 눈에는 깊은 시름에 잠긴 상전의 모습이 자주 띄었다. 신부는 물론 다른 아무도 곁에 없을 때 그러하였다. 김충선에게는 구마모토(隈本)에 남기고 온 다아, 야도리기의 두 아내가 있다. 춘운(春雲)도 그 두 여인 못지않게 아름답다고는 하나 의사소통도 자유롭지 못한 사이다. 생사의 소식조차 모르는 그 두 부인을 생각하고 있지나 않을까.
대기는 가슴이 메어졌다.

며칠 뒤에는 김대기에게도 젊은 처녀가 배정되었다. 첫눈으
로 봐서 농부의 가난한 집 딸이었다. 살결은 검고 손도 발도
굳은 살이 박혀 딱딱하다. 그러나 그가 일본에서 살았다면 이런
상대라도 아내를 가질 수는 없었을 것이다. 특별히 잔치를 할
형편도 안되어 그 날 밤부터 대기는 싫고 좋은 것도 모르면서
그 이국의 처녀를 안았다.

이국의 남성과 짝이 된 것을 싫어하는 기색도 없이, 모양새
만 갖춘 새 이불을 덮고 잠든 아내의 얼굴을 바라보며

"나라고 하는 놈은 아무래도 모든 것에 곧 길들여지는 팔자
로구나."

하고 중얼거렸다. 아마도 말도 잘 안 통하는 이 여인을 틀림없
이 사랑하게 될 것이라 생각했기 때문이다. 자기의 상전이 이
급격한 환경변화에 적응하게 될 것인가 그것이 염려스러웠다.

혼례절차가 모두 끝나자 김충선은 우록(友鹿)을 출발했다.
대기를 비롯한 4,5명을 데리고 상감께 사은의 예를 올리기 위
함이었다.

두번째 와보는 한양은 불탄 터는 별로 안보이고 상당히 복구
가 되어 있었다. 알현을 신청하니 이례적인 대우인 듯 곧 입시
하라는 전갈을 받았다.

8년만에 다시 뵙는 상감은 아랫볼이 처진 얼굴에 주름살은

더 많아졌으나 전보다는 훨씬 찬찬해 보였다. 맑고 약간 카랑
카랑한 목소리로 치하하고 위로해 주셨다. 좌우에는 김응서(金
應瑞), 김태허(金太虛), 서인충(徐仁忠), 전응충(全應忠), 박홍
춘(朴弘春) 등 일찍이 전진(戰塵) 속에서 고생을 함께 한 낯익
은 중신(重臣)들이 열좌(列座)하여 호의 넘치는 눈길로 지켜보
았다. 온화한 얼굴이 많이 늙어 보이는 박진(朴晉)도 거기 있
었음은 물론이다.

옥좌 밑에서 머리를 조아린 후 김충선은 상주하였다.

"신하된 자로서 역적을 치는 것은 당연한 일이옵니다. 서아지
의 땅과 노비를 하사하심은 사리에 맞지 않은 줄로 아옵니다."

앉아있던 여러 대신들 사이에 의아스럽다는 듯 수군대는 소
리가 나왔지만 상관하지 않고 계속하였다.

"이 토지들은 모두 국고에 반납하게 해주소서. 바라옵건대
이것을 병조(兵曹)에서 관리하여 국방의 비용에 쓰도록 하옵
소서. 왜란은 그쳤다고 하오나 압록강 너머에는 오랑캐들이
출몰하여 침공의 기회를 엿보고 있사옵나이다. 군량을 비축
하고 경계를 소홀히 하지 않음이 긴요하온 줄 아뢰오."

또한 같은 이유로 관작도 모두 반납한다고 아뢰었다. 덧붙여서

"다만 한 가지 소청이 있사옵나이다. 성균관(成均館), 홍문
관(弘文館) 등 관서(官署)의 서고, 해인사와 여러 사찰의 경
서 등 국내의 모든 귀한 서책을 보관한 곳에 자유로이 출입
하여 책을 읽을 수 있도록 베풀어 주시기 바라옵나이다. 소

신이 부모친척과 고국을 버린 것은 본래 서책에 탐닉하는 버릇 때문에 생긴 것이옵니다. 이것만 이루어지면 달리 바랄 것이 없사옵나이다."

자신도 서책을 사랑하는 취미에 있어서는 남못지 않다는 평이 있는 상감의 볼에 잔잔한 웃음 같은 것이 번지었다.

"전대미문(前代未聞)의 기이한 소청이로고. 여러 해 전부터의 공로로 보아 특히 그 소망을 들어주겠소. 창덕·경복의 궁궐 안에도 서고가 있고 고려 때부터 수집한 진귀한 책들이 많소. 뜻이 있는 대로 오도록 하오. 박꽃 피는 저녁, 시원한 바람을 쏘이며 삶의 우락(憂樂)을 듣고 싶기도 하오……."

하며 곁에 놓였던 부채에다 '이것을 가진 자에게 공사 서고의 출입 열람을 허락한다'는 뜻을 적어 하사하였다.

많은 세월이 흘렀다.

김충선(金忠善)은 47세가 되었다. 처음에 장춘운(張春雲)은 이름만 좋은 아내지 감시자가 아니냐고 말하는 자가 있었지만 6남매의 자식을 두었다. 맏아들은 경원(敬元)이고, 차례로 아들은 경신(敬信), 우상(右祥), 계인(繼仁), 경인(敬仁)이고 하나인 딸은 장달문(張達文)에게 출가하였다. 우록 골짜기는 개척에 성공하여 쌀과 채소를 자족하여 이웃 마을에도 나누어 줄 수 있었다. 서책 수집도 잘 되었지만 자신의 거처는 늘 소박하였다. 환기와 방습이 잘되는 서재(書齋) 모하당(慕夏堂)도 낙성

되었다.

대기도 45세가 되었다. 타고난 힘과 빨리 달리는 데에서는 아직도 청년들에게 뒤지지 않았다. 아내와는 굳이 입을 벌려 말을 하지 않아도 서로의 몸짓과 눈빛으로도 그 생각과 느낌을 통하는 방법을 터득했다. 현재의 생활에 부족함은 없었다. 그러나 그에게는 혈육은 태어나지 않았지만 자기 상전의 아들을 제 자식처럼 돌보기 위해서 차라리 그것이 잘된 일일지도 모른다.

어느 날 아침, 들에서 일을 하고 있는데 모하당댁 조선인 노복이 부르러 왔다. 흙묻은 발을 털고 집안으로 들어갔다. 모하당 김충선은 사랑방 책상에 몸을 기대어 앉아 한 통의 서찰을 읽고 있었다. 대기를 보자마자

"너 일본에 다녀오거라 !"

라고 말했다.

어차피 일본말은 모르지만 그래도 노복이 물러갈 때까지 입을 다물고 있다가 다시 말을 이었다.

"강화(講和)가 성립되어 조선왕의 사신이 바다를 건너기로 결정되었단다. 일본에서는 태합(히데요시)이 죽은 뒤 오사카 성(大阪城)에 있는 습득이 공자(公子)님마저 살해당해 세상은 도쿠가와 이에야쓰(德川家康) 나으리의 수중에 들어갔단다. 그러나 그도 작년에 죽고 그의 아들 히데다타(秀忠)가 천하를 계승하였는데 그것을 축하하기 위한 사신을 보내는

것이다. 정사(正使)에는 예조참의(禮曹參議)를 지낸 오윤겸 (吳允謙) 나으리가 임명되었다고 한다. 이미 한양을 출발하였다고 들었다. 너는 부산포의 선착장에서 일행 속에 숨어드는 거다."

금화(金貨)가 들어 있으리라고 보이는 보따리 하나를 옻칠한 상자 속에서 꺼내어 주었다.

"너 안 잊었지, 여문여(呂文余) 어른의 일. 대마도 출신이라는 점 때문에 수석 역관(통역)으로서 동행하고 있다. 그 어른을 만나거든 금의 반을 주어라. 여기 서찰에 적어 두었느니라. 어떻게든 편의를 도모해 줄 것이다."

대기는 몸이 떨렸다. 기쁨인지 불안함인지 자신도 판단이 안 간다.

"일본에 닿거든 똑바로 우리 고향 구마모토에 가거라. 그 고장이 어떻게 되었는지 자세한 사정은 모른다. 우선 큰 사또 (기요마사;加藤淸正)가 잘 계시는가 알아내라. 다음으로는 아소(阿蘇)의 가족과 다아, 야도리기의 생사를 확인해라. 이 두 가지를 완수하거든 이 곳으로 돌아오너라. 귀로의 선편에 대해서도 여문여(呂文余)에게 숙의하라. 무슨 일이 있든 중도에서 주저앉지 말라. 아무리 오래되어도 나는 네가 돌아오는 것을 기다리고 있겠다."

동료들이나 부인에게도 행선지를 말하면 안된다고 덧붙여 말했다.

이튿날 황혼 무렵, 대기의 커다란 몸은 벌써 부산포의 선착장에서 멀지 않은 번잡한 거리를 서성거리고 있었다. 그 때부터 줄곧 소백산 줄기를 따라 달려왔던 것이다. 별로 숨이 가쁘지도 않고 마치 마을에 물건을 사러가는 듯한 가벼운 마음가짐이었다. 다만 한 가지, 아내와 제대로 작별을 나누지 못한 것이 마음에 걸렸다.

지나가는 사람에게 길을 물어서 찾아간 동래(東萊)의 숙관(宿館)은 문 밖까지 법석대었다. 먼저 자기 상전의 서찰을 전하고 면회를 청한 후 지루하게 기다리자 바쁨에 쫓기는 듯한 여문여(呂文余)가 나타났다. 코밑 수염에 흰 털이 늘었지만 옛적보다 훨씬 훌륭한 차림을 하고 있었다.

"어쩐지 전쟁터 같지. 하지만 이번만은 화평을 위한 원정일세."

신분이 높아진 것을 보이려는 듯 위엄을 부리며 말했다. 그리고는 표정을 누그러뜨려 어부 요지로(要次郎)로 되돌아가 터놓고 말하는 태도가 되었다.

"사야카 나으리의 편지를 보고 대체로 알았네. 다년간의 우의로 봐서 힘이 되어 드리고 싶지만 만일 발각되면 임자도 나도 이 목이 몸뚱이에 붙어있지 않을 걸세……."

대기는 두세 번 굽신굽신 절을 한 뒤 가지고 온 금보따리를 살짝 그의 관복 품속으로 밀어넣었다. 그것을 겉에서 만지며 액수를 짐작하던 여문여는

"보는 바와 같이 여기에는 서기(書記) · 통사(通詞) · 사자관(寫子官) · 화원(画員)을 비롯하여 400을 넘는 인원이 있다네. 한 사람쯤 불어봤자 눈에 띄지 않을 걸세. 자네가 할 수 있는 일을 찾아보겠네. 이제부터 내가 시키는 대로 잘 지키게. 역시 그 발음이 걱정일세. 필요할 때 이외는 입을 열지 않도록 조심해야 하네."

앞에 서서 뒤곁의 창고가 있는 곳으로 인도하였다. 일본의 왕 · 장군 · 막부(幕府)의 장로(長老 ; 老中)에게 주는 선물로서 호피(虎皮) · 표피(豹皮) · 인삼 · 비단 · 꿀 등을 가지고 가기 때문에 짐꾼이 많이 필요하였다. 기수(旗手) · 악공 · 광대까지도 가세하여 분주히 일하는 데 섞여서 짐 포장하는 일을 맡게 되었다.

닷새가 지난 새벽, 6척의 선단은 닻줄을 올렸다. 영도(影島)를 오른편에 두고 포구를 빠져나오자 조선의 산줄기는 점점 잠겨가고 반대로 대마도의 섬그림자가 슬금슬금 다가왔다. 바람이 약해서 돛을 미는 힘이 부족했지만 사공들은 노를 갖추어 필사적으로 저었다.

대마도의 사스우라(佐須浦)에 정박하여 대마도 태수의 접대를 받았다. 대기도 여문여의 종사(從事)로 꾸며서 잔치자리의 말석에 참석하였다. 일본식으로 조리한 생선과 채소를 배부르게 먹었다. 음식을 나르고 시중드는 사람들은 모두 17, 8세의 소년으로 살결이 희고 복스럽게 자란 인상을 주었다. 일본말로 말을 해보고 싶어 견딜 수 없었지만 정체가 드러날 것이 두려워 억지로 참았다.

여기서 20일간 머문 후 이키(壹岐)의 가쓰모토(勝本)섬과 지쿠젠(筑前)의 아이노(藍)섬을 징검다리처럼 거쳐서 조류의 흐름에 조심하며 항해하였다. 초여름인데 태풍에 부딪치지 않는 것이 요행이라 할 수 있었다. 이렇게 운세가 좋게 나간다면 고향의 다아와 야도리기 두 부인도 뜻밖에 무사히 계실지도 모른다는 예감에 가슴이 두근거렸다.

6월 7일, 무사히 나가토(長門)의 아카마세키(赤間關)에 닿았다. 이제부터 일행은 빙고(備後)의 도모(鞆)와 하리마(播磨)의 무로노쓰(室津)를 지나 오사카(大阪)까지는 뱃길로 가서 거기서 육로로 에도(江戶)에 가야 한다.

여문여는 헤어지기 전에 일러주었다.

"돌아가는 길인데, 지금부터 꼭 여섯 달 후인 섣달 초열흘날 히젠(肥前)의 히라도(平戶)에 가게. 중국의 복건(福建)에서 비단을 싣고 와 일본의 은(銀)을 가지고 돌아가는 명나라의 무역선이 있을 걸세. 선착장의 가장 남쪽에 있는데 예수교의 십자가 깃발이 뱃머리에 그려져 있는 것이 그 표지일세. 선장에게 이야기가 되어있으니 염려할 것 없네. 다만 하루라도 늦으면 기다려 주지 않네. 배는 마카오로 바로 가지 않고 청자와 백자를 싣기 위해 조선 전라도 진도(珍島)에 들린다. 그때 살짝 내리면 될 것일세."

그리고 다시 대기(大器)의 손을 굳게 잡았다. 두 눈에는 평소의 교활한 빛이 아닌 눈물이 고여 있었다.

"짧은 인연이지만 목숨이 있다면 또 만나세. 오래 사용하지 않으면 일본말을 잊어버리고 만다. 이제부터는 거꾸로 조심해야 한다네. 잘못해서 한 마디라도 조선말을 쓴다면 그만 밀수꾼 혹은 첩자로 취급된다는 것을 명심하게."

대기는 어둠을 틈타 혼자 탈출하기 위해 어선을 세내어 탔다. 바닷가 모래밭에서 선잠을 자고 해가 뜨는 것을 기다려 해협을 건넜다. 오구라(小倉)의 거리에 들어가자 곧 헌 옷 가게에 가서 평민복 한 벌을 사 입었다. 지금까지 입었던 한복은 모두 태워버렸다. 머리방에 가서 앞머리의 털을 삭도로 밀고 일본식 상투로 만들어서 겨우 옛날의 우마노쓰케로 되돌아간 듯했다.

우선 신사(神社)를 찾아 참배하였다. 헤쓰미야(邊津宮)란 신사는 일본의 북쪽과 조선의 남쪽까지의 바다를 보호한다는 수호신을 모신 곳이다. 그 신사를 참배한 후 신사 사무소에서 신사달력을 많이 구했다. 달력 장수로 꾸미기 위함이다.

다음으로 하코자키미야(筥崎宮) 등 그 지방의 유명한 신사들을 차례로 찾으며 자신의 고향 구마모토(隈本)를 향해 남으로 남으로 내려갔다. 하카다(博多), 구루미(久留米), 야나기가와(柳川)와 같은 번화한 곳은 멀리하고 뒷길로 우회하여 다녔다. 신사의 달력을 파는 신심(信心)의 여행자는 신원을 확인하는 예가 없고 신사를 관장하는 포졸들도 특별히 봐주기 때문이다.

그래도 타고난 다리의 힘은 여전하여 4일째 저녁에는 구마모토성에 다다를 수 있었다. 아소(阿蘇)는 안 보이지만 성(城)의 제1누각이 빨간 저녁노을 속에 우뚝하다. 시라카와(白川)강에 가까운 싸구려 주막집에 들어가 짚신을 벗었다.

피죽(稗粥) 한 그릇으로 저녁 요기를 마치고 물림상을 가지러 온 하녀에게 이를 쑤시며 넌지시 물었다.

"저, 성주(城主)님 기요마사 나으리께서는 요사이 건강하시고 옛날처럼 창술연습도 하시는가?"

농촌 출신인 듯 거친 손을 한 50대의 여자는 눈을 동그랗게 하며

"손님은 말씨로 봐서 구마모토 출신인 듯한데, 아무래도 퍽 오래 먼 곳에 가 있었는가 봐요. 선대 나으리께서는 벌써 세상 떠나시고 그 맏아드님 다타히로(忠廣) 나으리가 뒤를 이어 벌써 6년째 됐습니다."

어색한 대답을 하며 얼버무려 버렸지만 마음 속의 동요는 가누지 못했다. 그처럼 건장했던 큰 사또가 이미 이 세상에 없다니⋯⋯. 지금까지 살아 있어도 60세에 두셋 못 미쳤을 것이다.

이튿날 잠이 깨자 곧 야마사키 거리에 나가보았다. 이 곳은 기요마사가 풍류를 즐기기 위해 별장을 짓고 둘레에는 꽃밭과 연못이 꾸며지고 고급 사무라이들의 저택이 많았다. 자기 상전 오카모토(岡本)의 집도 있었는데 모두 밭으로 바뀌고 길도 달라져 흔적을 찾을 수가 없었다. 틀림없이 이 곳이라고 여겨지

는 곳에는 지저분한 좁은 길가에 하급 병사들의 연립가옥들이
늘어서 있었다.

두부를 사가지고 오는 병사의 아내인 듯 냄비를 든 여인에게
물었다. 자기 남편은 신참내기라 옛날 일은 모른다는 것이다.
들리는 소문에 의하면 오카모토는 대단한 문중 출신이지만 나
쁜 짓을 해서 천축국(天竺國)으로 추방되었다던가. 그 후 그
저택은 헐리고 터는 지금처럼 쪼개졌다는 것이다. 그밖에 전에
살던 사람의 자취가 될 만한 것은 나무 한 그루 풀 한 포기일
지라도 모조리 철거되었다고 한다. 이 모든 것은 선대 기요마
사 나으리의 뜻에 의해서 그렇게 되었고 오카모토 집안의 가족
들 소식은 들은 바가 없다고 했다.

인사도 하는 둥 마는 둥 그 자리를 피해 달아나야 했다. 사
무라이에게 들키면 큰 일이기 때문이다. 장안의 여러 거리들을
헤매며 거닐었다. 몇 번의 홍수를 겪고 이중으로 제방을 쌓아
일부는 강변이 되어 옛날 모습은 하나도 찾아볼 길이 없어 구
름을 밟는 듯한 걸음걸이가 되었다.

어제도 오늘도 아는 얼굴을 찾아 쏘다녔다. 싸전 거리, 어물
전 거리, 공장지역 등은 별로 달라진 것이 없지만 어쩐지 활기
가 없었다. 자신의 정체를 감추기 위해

"달력 사려, 달력 사려."

하고 열심히 외치고 다녔지만 별로 팔리지도 않았다. 사람들은
내년의 길흉보다 당장의 막연한 불안에 떨고 있는 듯이 보였

다.

묻혀진 사실들이 차차 그 윤곽을 드러내기 시작했다. 큰 사또 기요마사가 뜻밖에도 일찍 죽은 것도 울산에서의 고생 때문이라는 것은 부정할 수 없을 것이다. 개선하여 구마모토에 입성할 때도 선례를 깨고 일부러 한밤중을 택했다고 한다. 처음 출정할 때 1만명이 넘었던 병력이 4천 수백명으로 줄었다. 격전에 의한 소모였고 오카모토(岡本) 진영의 배반도 큰 아픔이었다. 추태를 자기 영토의 백성들에게 드러내지 않으려는 궁여지책인가. 굶주림에서 오는 쇠약 이상으로 치욕이 틀림없이 수명을 단축하게 했을 것이다.

그렇다고 하면 큰 사또는 아무래도 조선에 대해서 속속들이 혐오감을 가지고 있었으리라 추측이 되나 반드시 그렇다고는 할 수 없다. 아니 오히려 일종의 친밀감 같은 것을 느끼고 있지나 않았을까.

만년에 이르러 성의 남쪽에 누각이 있는 문을 만들었는데 고려문이라 이름지었다고 한다. 또 새로 마을을 확장하여 장사치들을 입주시켰는데 그 반쪽을 울산거리라고 명명했다고 한다. 가신(家臣)들이 의아하게 여기어 그 이유를 물어도 기어이 입을 다물고 말았다고 한다.

그것만으로 그치지 않았다. 그 한밤중 개선행렬에 스물 한두살쯤 되어 보이는 인품좋은 청년 하나가 섞여 있었다. 본인은 부끄러워 본명을 밝히지 않아 사람들은 다만 김관(金官) 나으리라고만 불렀다. 본래 조선 왕궁에서 내시(內侍)로서 후궁들의 재화(財貨)를 관리했으나 두 왕자가 포로가 되었을 때 자결하려고 하다가 기요마사에게 항복한 젊은이었다.

기요마사는 김관(金官)에게 200석의 녹봉을 주어 자기 측근에 있게 했다. 김관은 일본의 벼슬아치가 된 뒤에도 별명만은 그대로 썼으니 이상한 일이다. 기억력이 매우 우수하여 논어(論語)는 물론이고 중용(中庸)·대학(大學)을 한 자 한 구절도 틀리지 않게 외우고 있었다. 기요마사는 그를 잠시도 곁에서 못 떠나게 하고 성현의 글 속에 있는 것을 이것저것 묻는 것이 더 없는 즐거움이었다고 한다. 오하리(尾張) 지방의 가난한 집에 태어나 어려서는 석공(石工)의 노동을 한 적도 있는 큰 사또, 무골(武骨) 외골수 길로만 걸어온 그가 늙어서 학문을 좋아하게 되었다니 무슨 변괴인가.

기요마사가 중풍으로 세상을 떠날 때 유언으로 순사(殉死)를 금했기 때문에 뒤따라 죽는 자는 없었다. 다만 도사(土佐) 현감인 오키(大木)라는 3,000석 녹봉의 사무라이는 주위 사람들의 눈을 피해 할복 자결했다. 본래 무쓰(陸奧) 태수 사사나리마사(佐佐成政)의 부하였다. 나리마사(成政)가 태합(太閤) 히데요시에게 대항해서 싸우다가 패하였으니 오키(大木)도 마땅히 죽임을 당할 것이나 기요마사가 그의 목숨을 구해주어 그 부하가 되었던 것이다. 그때의 은혜를 생각하여 당연히 따라 죽을 수밖에 없었다는 것이 세상공론이었다. 그런데 칼도 쓸 줄 모르

는 김관(金官)이 기요마사가 죽자 비수로 자기 목을 찔러 저
세상에 함께 간 것은 눈물겨운 일이다.

　기요마사가 조선서 돌아올 때, 또 하나 아홉살 먹은 어린이
가 있었다. 불타버린 폐허에서 방황하는 고아를 거두어 곁에
두었는데 차차 조사를 해보니 백제왕의 핏줄을 이은 녹녹치 않
는 뼈대의 후손이었으며 더없이 영리하였다. 일본 구마모토(隈
本)에 와서 정착한 후 머리를 깎고 중이 되어 그 자신의 부모
영혼을 극락으로 보내기 위해 염불하고 목탁을 두드렸다. 기요
마사는 그를 위해 구마모토성의 서북쪽에 있는 본묘사(本妙寺)
를 중수해 주었다. 또한 기요마사가 전부터 교분이 두터운 교
토(京都) 본국사(本國寺)의 닛칸(日桓) 법사(法師)에게 보내어
법화(法華)의 오묘한 비법을 전수받도록 했다. 이 이국의 중은
20대의 젊은 나이로 본묘사의 주지가 되고 니치요(日遙) 법사
라는 법명을 받았다. 그러나 일반적으로 고라이 어르신네(高麗
上人)라고 일컬으며 존경하였다.

　기요마사는 자신의 죽음을 예감하고 장례절차의 일체를 니치
요 법사에게 맡기었다. 유지(遺志)에 따라 기요마사의 염습은
갑옷을 입히고 큰 칼을 채우고 창을 쥐게 한 채 석관에 넣어 나
카오(中尾)산 중턱에 묘소를 정했다. 뒤따라 죽은 오키(大木)와
김관(金官)의 묘도 그 뒤에 썼다. 니치요 법사는 기요마사의
소상(일주기) 때 그의 제자들과 힘을 모아 하룻밤 사이에 법화
경 8권을 붓으로 베껴썼다. 추모사경(追慕寫經)은 그 후에도

기일(忌日)마다 행해지고 참가 인원도 증가하고 있었다.

태합(太閤) 도요토미 히데요시(豊臣秀吉)와 가토 기요마사(加藤淸正)는 재이종(再姨從)간이다. 즉 히데요시의 어미와 기요마사의 어미가 사촌자매(四寸姉妹) 사이다. 히데요시가 죽고 도쿠가와(德川) 나으리의 세상으로 바뀌자 가토(加藤) 가문의 처지가 어려워졌음은 쉽게 알 수 있다. 거기에다 기요마사의 뒤를 이어 히고(肥後)의 태수가 된 다타히로(忠廣)는 겨우 15세의 어린 나이였으니 자신의 영지(領地)를 다스리는 데에 힘이 달리는 것은 당연하였다.

가토 기요마사는 벼락출세를 한 무장(武將)인 데다가 성품도 과감하여 정무(政務)는 자기 생각 하나로 처리하였기 때문에 가로(家老;元老)나 장로(長老)의 제도가 없어 성주(城主)를 대신하여 실무를 돌볼 사람이 없었다. 기요마사도 말년에 가서는 자기 피붙이인 가토 우마조(右馬丞)와 가토 미마사카(美作)와 그밖의 세 사람 등 모두 다섯 사람의 원로(元老)들을 뽑아 협의하여 정사를 보좌하게 했었다.

재작년 여름, 도쿠가와(德川) 진영은 오사카(大阪)성을 공격하여 상징적으로 남아 있는 도요토미(豊臣) 가문의 뿌리를 뽑아버리고자 했다. 이 전쟁을 일본 역사에서는 '오사카 여름진(陣)'이라 한다. 이 때, 히고(肥後)지방 가토(加藤) 가문의 의견은 완전히 둘로 갈라졌다. 미마사카(美作) 일파는 도요토미와의 옛 의리를 위해 출병하여 오사카성을 구원해야 한다고 주장하고 우마조(右馬丞) 일파는 이를 반대하였다. 성주 다타히로(忠廣)는 갑옷을 입고 주저하면서도 오사카(大阪)에는 갈 뜻이 없었다. 오사카성은 도쿠가와군에 의해 안쪽 호(濠)도 메워지고 제1누각이 타버려 히데요시의 뒤를 이은 어린 성주 습득이와 그의 생모 요도궁(淀宮)이 제2누각 돌난간 모퉁이에서 자결을 했다는 소식이 전해져 왔다.

그 전에, 주전파 미마사카(美作)는 그의 일파들과 몰래 큰 배 두 척을 건조하고 군량을 실어 오사카성을 구원하려 하던 중 너무도 일찍 결판이 났기 때문에 뜻을 이루지 못했다.

이 사실은 그대로 묻혀버릴 줄 알았는데 미마사카(美作)의 반대파 우마조(右馬丞)가 그 일파 10명의 중요 인물들과 연서로 에도(江戶)의 막부(幕府) 실무자 사카이(酒井)에게 소장을 올렸다. 막부에서는 미마사카와 우마조 두 사람을 호출하여 대질심문한 결과 미마사카가 도요토미측을 도우려 한 사실이 모두 드러났다. 미마사카는 아마쿠사(天草)라는 외딴 섬으로 귀양가고 그밖의 3명은 참수형에 처해졌다. 성주(城主) 다타히로(忠廣)는 아직 나이가 어리다는 이유로 불문에 붙이게 하고 우마조(右馬丞)가 어버이 삼아 정무(政務)를 돌보도록 하라는 막부 실무자의 분부가 있었다.

히고(肥後) 영지(領地)내의 동요는 그치지 않아 자기 주군(主君)을 버리고 다른 영지로 달아나는 사람, 배를 준비하여 필리핀이나 캄보디아로 탈출하는 사람까지 끊이지 않아 히고지방의 인구수는 눈에 띄게 줄었다.

21세가 되는 히고 태수 다타히로(忠廣)는 백성들로부터

"그 부친 큰 사또의 억세고 호탕한 성품대신 포악하고 거친
것만 물려 받았다."

라는 평판을 들었다. 선친처럼 창술을 연마하지 않는 것은 어
쩔 수 없다고 하더라도 술 마시기가 지나치며 여색을 지나치게
탐하였다. 백성의 아내이든 딸이든 가리지 않고 불러들여 소실
로 삼기 때문에 원성이 자자했다. 검소한 풍조는 자취를 감추
고 사무라이들은 사치에 빠졌다. 자연히 세공(稅貢)의 징수가
가혹하여 민란이 자주 일어났다. 우마조(右馬丞)는 자칫 잘못
하다가는 자신이 화를 입을 형편이라 발길을 멀리 하고 관저
(官邸)에 틀어박혀 출사(出仕)하지 않았다.

이 두 해 동안 도요토미(豊臣)의 은혜를 입은 옛 신하들이
차례로 자결(할복)의 처분을 받거나 위리안치(圍籬安置)를 당
하였다. 천하통일의 바탕을 굳히기 위해 꼬투리라도 잡히기만
하면 이들을 처단하려 하였다. 막부의 재상(宰相)격인 사카이
(酒井)는 우마조(右馬丞)를 통해 기회를 엿보고 있으니 히고(肥
後) 태수의 운명도 바람 앞의 등불과 같은 신세가 되었다.

대기(大器)는 산길을 걸을 신발을 꾸렸다. 객주집 주인에게
는 4,5일 어디 좀 갔다 오겠다고 말했다. 아소(阿蘇)골에 들어
가 동족의 소식을 확인해야 한다. 태어난 고향이라 얼굴을 아
는 사람도 많을 것이니 각별히 조심해야 한다.

구마모토. 성내를 벗어나면 이내 아소산이 내뿜는 연기가 보인다. 저절로 걸음도 빨라질 판이나 달력팔이 신세라는 것을 생각하여 될 수 있는 대로 느긋하게 굴기로 했다.

아소산록에 있는 온천에 도착했다. 잡상인들이 먹고 자는 싸구려 객주집에 짐을 풀었다.

뜨거운 탕에 들어가 사지의 마디마디를 부드럽게 푼 뒤 우선 아소산 산신을 모시는 신사화궁(火宮)을 찾았다. 깊은 숲속에 감도는 고요함은 예와 다름이 없지만 들어가는 길이며 경내에는 사람의 자취가 없다. 풍년을 빌기 위해 찾아오는 농부들도 보이지 않는다. 신사에 딸린 전답의 곡수가 8,000섬이고 신사에서 일하는 사람들이 200여명이나 되었었는데 모두 어디로 갔단 말이냐. 건물은 단청이 벗겨지고 기둥도 기울어 황폐의 그늘만 짙다.

뒤안길로 빠져나갔다. 뜻밖에도 전에 마을이 있던 곳에는 억새풀이 우거져 무인지경이 되었다. 오카모토(岡本) 나으리의 시골 저택이 있던 작은 언덕에도 타다 남은 숯덩이 몇 개가 있어 겨우 자취를 찾을 수 있을 뿐이었다. 가신(家臣)들이나 하인들의 집채는 전혀 흔적조차 찾을 길이 없었다.

자신이 일하던 목장의 울타리나무는 썩고 없었다. 신사에 전해오는 옛날 기록에 의하면, 목장의 역사는 멀리 원(元)나라 명제(明帝)에까지 올라가며 나라(奈良)나 교토(京都)의 대궐에도 좋은 말을 진상했다고 한다. 대기와 그의 동료들이 정성들여 키운 새끼말들은 모두 어디로 갔을까? 목동과 마부들이 모두 없어진 뒤 그 옛날의 야생마로 돌아갔을까. 아소산 자락 넓은 곳을 아무 속박도 없이 제멋대로 뛰어다니고 있을지도 모른다.

해질 무렵 객주집으로 돌아오자 화로가에 앉아있는 사람들에게 위험도 잊고 물어보았다.

"화궁(火宮)의 궁주(宮主) 오카모토(岡本)댁에 다아 아씨와 야도리기 아씨라고 하는 세상에 보기 드문 미인 부인 둘이 있었는데 어디 계시는지 소식을 아시는 분은 안 계십니까?"

알 바 아니라고 귀담아 듣지도 않는 사람도 있고 귀찮다는 듯 돌아앉기도 하는데 벽쪽에 책넣는 망태기에 기대앉은 늙은 수도승 하나가 두런두런 이야기를 시작했다.

"한참 옛날 이야기요. 내가 히코산에 수도하기 위해 다닐 때 들은 적이 있죠. 궁주(宮主)의 아들 중에 우리 태합(太閤) 나으리를 배반하고 조선왕을 섬긴 자가 있다더군. 그의 일족들은 기요마사 나으리의 명에 의해 모조리 목이 잘렸다죠. 아름다운 두 부인도 잡혀서 구마모토에서 여기까지 압송되어 왔다고 해요. 너무도 순진하고 가엾어서 형리(刑吏)들도 손을 대기를 주저하였다고 합니다. 그 사이 두 부인은 평소의 질투심도 잊어버린 채 손을 잡고 달아나 아소산 불구덩에 몸을 던졌다나요…."

라고 말한 후 공연한 소리를 했구나 싶었는지 입을 다물고 더

물어도 조는 체하였다.

대기(大器)는 아소산골에서 나와 다시 구마모토성 아래의 싸구려 객주집으로 돌아왔다. 이제는 찾아내어야 할 일도 없어졌다. 날짜를 헤아리는 버릇도 없어졌다. 그래도 아침이면 숙소를 나와 발길 닿는 대로 거리를 쏘다녔다. 온몸의 힘이 없어지고 자신이 생각해도 허탈에 빠진 듯한 발걸음이었다. 여비가 부족한 것도 아닌데 지나치게 절약을 한 탓으로 거지에 가까운 몰골이 되었다.

따뜻했던 남국에도 어느덧 찬바람이 불어닥쳤다. 그러한 어느 하루, 조로쿠교라는 다리 근처에서 원숭이를 등에 업고 오는 여자를 보았다. 원숭이 재주를 구경시키고 살아가는 곡예사다. 서로 다가가서 지나칠 때 그 여자의 눈길이 대기를 한번 보자

"어머낫!"

하고 소리쳤다. 그리고 등에 업고 있던 원숭이가 떨어진 것을 데리고 갈 생각도 없이 오던 길로 되돌아서 달아났다.

대기는 돌처럼 멍하니 서 있었다. 비계살이 뚱뚱하고 이도 빠졌지만 두 살 아래인 자기 사촌누이동생이 틀림없었다. 그 옛날 목장에서 함께 일했으며 일본의 풍속대로 서로 배필이 될 것을 은근히 바래서 애련한 연정도 느꼈던 사이였다. 한 마디 말도 못하고 유령을 만난 듯이 놀라는 그 표정이 가슴을 아프게 했다.

순간, 우록에 두고 온 아내가 그리워졌다. 세세하게 말을 통하기도 어렵고 부부다운 감정을 한 번도 가져보지 못했던 이국의 여자다. 단 한 장 남은 달력을 품속에서 꺼내어 손가락을 꼽아 날짜를 세어 보았다. 돌아가기로 약속한 섣달 초열흘이 나흘밖에 안 남았다. 새삼스레 거리의 찬바람이 살결을 따갑게 했다.

이튿날 아침 구마모토를 떠났다. 최단거리 지름길을 택해 걸음을 재촉했다. 주변의 풍경을 구경한다거나 아쉬움에 젖을 겨를이 없었다. 조선에 돌아가 상전에게 사연들을 아뢰기까지는 한눈을 팔 수가 없다.

히라도(年戶)에 닿은 것은 기한 하루 전 오후였다. 남들에게 물어볼 것도 없이 찾고자 하는 명나라 선박은 바로 그 곳에 있었다. 조그마한 어선들을 빼놓고 1,000석 싣는 큰 배는 정박하지도 않는다.

선착장 둔덕에 서서 큰 배를 보고 여러 번 소리를 질렀다. 한참만에야 눈처럼 흰 살결을 한 사나이가 뱃머리에 나타났다. 그쪽에서도 뭐라고 고함을 쳤지만 한 마디도 알아들을 수가 없었다. 얼마 후 줄사다리가 내려졌을 때에야 마음이 확 놓이었다.

작은 보자기 하나를 허리춤에 차고 기어오르는 그를 위에서 팔을 뻗어 도와주었다. 배 위에 올라가 다시 보니 붉은 수염에 새파란 눈알을 가진 거구의 사나이였다. 테가 넓은 모자를 썼

고 검은 비로드의 풍덩한 외투를 입고 있었다. 뱃머리에 그려
져 있는 것과 똑같은 십자가가 금사슬에 매어져 목에 걸려있었
다. 대기와 눈이 마주치자 소탈하게 웃으며

"호모, 갸바쓰로."

라고 지껄였다. 서양의 말은 알 수 없지만 아마도 '말같이 긴
얼굴을 한 사나이'라고 말했을 것이라 직감하였다. 이어서 일
본말로

"오램마이소다."

라고 인사를 했다. 아마 '오랜만입니다'라고 말한 듯하다. 자
기에 못지 않은 큰 키의 대기에게 호감을 가진 모양이다.

틀림없는 일본인, 명나라 사람같이 보이는 사람, 갈색의 살
결을 가진 천축(인도)인, 잡다한 선원들이 눈발 날리는 갑판
위에서 분주히 일을 하고 있었다. 붉은 수염에 파란 눈을 한
사나이는 우두머리인 듯, 작업에 참여하지 않고 돛대에 기대선
채 담배연기만 내뿜고 있었다. 열쇠꾸러미가 달린 가죽 허리띠
에 지휘도를 차고 조금이라도 게으름을 피우는 자가 있으면 칼
자루를 두드리며 야단을 쳤다.

선장의 명을 받은 캄보디아 소년이 안내해 주었다. 구부러진
계단을 내려가서 첫눈에 봐서 창고같은 선실로 인도되었다. 비
좁고 창문도 없어 소년은 짧은 초 도막을 남겨놓고 갔는데 문
을 닫으니 캄캄하기만 했다.

꼬박 이틀 동안을 달려왔기 때문에 눈시울이 무거웠다. 장뇌

202

(樟腦)인지 가라향인지 모르겠지만 진한 향기가 새어 나오는 짐들을 밀치어 바닥에 작은 틈을 만들자 벌렁 누워버렸다.

"이제 돌아간다."

다음 순간, 깊은 잠에 빠졌다.

대기는 조선에 돌아오지 못했다. 우둔해서 배를 잘못 탔을까. 아니면 처음부터 여문여(呂文余)에게 속았는가. 어쨌든 뱃사람들은 보통 상인이 아니었다. 초석·유황·솜 같은 밀수품을 싣고는 중국의 절강(浙江)이나 안남(베트남)을 왕복하는, 좋게 말해서 모험가, 형편에 따라서는 당장 해적으로 변할 수도 있는 그런 무리임이 분명하다.

조선의 전라도 해안에 들른다고 하는 것도 사실은 거래가 뜻대로 안되면 쌀이나 노예들을 약탈하는 것쯤은 식은 죽 먹기다. 중도에서 속은 줄 알고 부질없는 반항을 하려다가 죽임을 당했는가. 이것도 저것도 아니라면 포르투갈 사관의 손에서 인도의 고아지방에 팔려가 의외로 느긋하게 살아가고 있다고 볼 수도 있다.

우록(友鹿)의 동남에 봉화산이 솟아 있다. 나이가 많아진 김충선은 날마다 그 봉우리에 올라갔다. 부산포에서 달려올 대기의 긴 다리를 행여 보지 못할까 걱정되었기 때문이리라.

72세가 된 그 해 늦가을, 언제나처럼 나막신을 신고 마을 뒷산에서 호랑이를 쫓았다. 사람이나 가축이 물려 죽지 않도록 막는 것이 목적이었기 때문에 짐승의 목숨은 앗지 않기로 했다. 허리나 머리를 겨누지 않고 주로 꼬리 쪽을 향해 방아쇠를 당기었는데 그 순간

"기요마사, 이놈!"

이라고 소리치는 것을 확실히 들을 수 있었다. 수십년 동안 이렇게 습관이 되어 왔기 때문에 아무도 놀라지 않는다. 그런데 그 날의 목소리는 전보다 힘이 없는 듯했다. 묘하게 꼬리를 맞추기는 했는데 호랑이 발톱에 가슴을 할퀴었다. 자양지(紫陽池)의 약수에 씻고 피가 멎은 뒤 집으로 돌아왔다. 별로 다치지 않아 통증도 대수롭지 않았는데 갑자기 열이 나기 시작하더니 김충선은 한밤중에 죽었다. 그 때가 인조(仁祖) 20년(1642년), 일본 연호로 관영(寬永) 19년, 도쿠가와 이에미쓰(德川家光)의 시대에 해당된다.

우록에는 지금 김충선의 14대손 김재덕(金在德)이 살고 있다. 부하들의 혈통도 대부분 끊어지지 않았다. 재덕은 국민학교 교장으로 오랫동안 근무한 뒤 새마을운동의 한 지도자가 되었다. 니노미야 손도쿠(二宮尊德)가 쓴 책의 애독자다. 높고 메마른 땅을 잘 이용하여 방가로를 짓기도 하고 향어를 길러 회를 먹을 수 있는 식당도 경영하는 등 일가들의 경제적 향상에 힘쓰고 있다.

모하당(慕夏堂) 건물은 정성들여 보존되어 있지만 조총은 한자루도 남겨 놓지 않고 없애 버렸다. 서울의 태평로에 있는 성

암(誠庵) 고서박물관(古書博物館)에는 중세의 금속, 도자기 활자, 진귀한 서책들이 방대하게 수집되어 있다. 그 가운데에는 김충선(金忠善)이 소장했던 것도 섞여 있다고 들었지만 사실 여부는 알 길이 없다.

□ 역자 약력

• 1978년 매일신문사 광복상 받음
• 한글학회 회원, 한국 아동문학가협회 부회장,
  대구 아동문학회 회장, 영남수필·문학 동인
• 저서 :「어린이 역사이야기」,「밀리미터 학교」,
  「한국 소년 고대 소설전집」,「충효의 길」,
  「점복이 도련님」,「항일독립운동사」 등

•

王使와 조선호랑이 때려잡기

•

지은이 / 미야모토 도쿠조
옮긴이 / 정휘창
펴낸이 / 박용정
펴낸곳 / 한국경제신문사
등록 / 제2-315(1967. 5. 15)
제2판 1쇄 인쇄 / 1996년 7월 1일
제2판 1쇄 발행 / 1996년 7월 5일
주소 / 서울특별시 중구 중림동 441
대표전화 / 360-4114
직통 / 313-8293 · 312-0063
FAX / 360-4552

•

★ 파본이나 잘못된 책은 바꿔 드립니다.
ISBN 89-475-5025-6
값 6,000원